国际大奖小说·成长版
美国图书馆协会年度最佳青少年读物

遇见灵熊

TOUCHING SPIRIT BEAR

[美]班·麦可森/著　李畹琪/译

天津出版传媒集团
新蕾出版社

图书在版编目（CIP）数据

遇见灵熊 /（美）麦可森（Mikaelsen,B.）著；李畹琪译. -- 天津：新蕾出版社, 2016.1（2024.6 重印）
（国际大奖小说·成长版）
书名原文: Touching Spirit Bear
ISBN 978-7-5307-6352-0

Ⅰ.①遇… Ⅱ.①麦…②李… Ⅲ.①儿童文学－长篇小说－美国－现代 Ⅳ.①I712.84

中国版本图书馆 CIP 数据核字(2015)第 292063 号

TOUCHING SPIRIT BEAR
by Ben Mikaelsen
Copyright ⓒ 2001 by Ben Mikaelsen
Cover Art by Cliff Nielsen
Published by arrangement with Taryn Fagerness Agency through Bardon-Chinese Media Agency
Simplified Chinese translation copyright ⓒ 2016 by New Buds Publishing House (Tianjin) Limited Company
本书中文译稿由台湾东方出版社授权使用
ALL RIGHTS RESERVED
津图登字:02-2014-516

出版发行：天津出版传媒集团
　　　　　新蕾出版社
http://www.newbuds.com.cn
地　　址：天津市和平区西康路 35 号(300051)
出 版 人：马玉秀
电　　话：总编办 (022)23332422
　　　　　发行部 (022)23332351　23332679
传　　真：(022)23332422
经　　销：全国新华书店
印　　刷：天津新华印务有限公司
开　　本：895mm×1370mm　1/32
字　　数：124 千字
印　　张：7.25
版　　次：2016 年 1 月第 1 版　2024 年 6 月第 10 次印刷
定　　价：25.00 元

著作权所有，请勿擅用本书制作各类出版物，违者必究。
如发现印、装质量问题，影响阅读，请与本社发行部联系调换。
地址：天津市和平区西康路 35 号
电话:(022)23332677　邮编:300051

前言

国际大奖小说·成长版

一辈子的书

梅子涵

亲近文学

一个希望优秀的人，是应该亲近文学的。亲近文学的方式当然就是阅读。阅读那些经典和杰作，在故事和语言间得到和世俗不一样的气息，优雅的心情和感觉在这同时也就滋生出来；还有很多的智慧和见解，是你在受教育的课堂上和别的书里难以如此生动和有趣地看见的。慢慢地，慢慢地，这阅读就使你有了格调，有了不平庸的眼睛。其实谁不知道，十有八九你是不可能成为一个文学家的，而是当了电脑工程师、建筑设计师……可是亲近文学怎么就是为了要成为文学家，成为一个写小说的人呢？文学是抚摸所有人的灵魂的，如果真有一种叫作"灵魂"的东西的话。文学是这样的一盏灯，只要你亲近过它，那么不管你是在怎样的境遇里，每天从事怎样的职业和怎样地操持，是设计房子还是打制家具，它都会无声无息地照亮你，使你可能为一个城市、一个家庭的房间又添置了经典，添置了可以供世代的人去欣赏和享受的美，而不是才过了几年，人们已经在说，哎哟，好难看哟！

谁会不想要这样的一盏灯呢？

阅读优秀

文学是很丰富的,各种各样。但是它又的确分成优秀和平庸。我们哪怕可以活上三百岁,有很充裕的时间,还是有理由只阅读优秀的,而拒绝平庸的。所以一代一代年长的人总是劝说年轻的人:"阅读经典!"这是他们的前人告诉他们的,他们也有了深切的体会,所以再来告诉他们的后代。

这是人类的生命关怀。

美国诗人惠特曼有一首诗:《有一个孩子向前走去》。诗里说:

  有一个孩子每天向前走去,

  他看见最初的东西,他就变成那东西,

  那东西就变成了他的一部分……

如果是早开的紫丁香,那么它会变成这个孩子的一部分;如果是杂乱的野草,那么它也会变成这个孩子的一部分。

我们都想看见一个孩子一步步地走进经典里去,走进优秀。

优秀和经典的书,不是只有那些很久年代以前的才是,只是安徒生,只是托尔斯泰,只是鲁迅;当代也有不少。只不过是我们不知道,所以没有告诉你;你的父母不知道,所以没有告诉你;你的老师可能也不知道,所以也没有告诉你。我们都已经看见了这种"不知道"所造成的阅读的稀少了。我们很焦急,所以我们总是非常热心地对你们说,它们在哪里,是什么书名,在哪儿可以买到。我就好想为你们开一张大书单,可以供你们去寻找、得到。像英国作家斯蒂文生写的那个李利一样,每天快要天黑的时候,他就拿着提灯和梯子走过来,在每一家的门口,把街灯点亮。我们也想当一个点灯的人，让你们在光亮中可以看见，看见那一本本被奇特地写出来的书，夜晚梦见里面的故事，白天的时候也必然想起和流连。一个孩子一天天地向前走去，长大了，很有知识，很有技能，还善良和有诗意，语言斯文……

同样是长大，那会多么不一样！

自己的书

优秀的文学书，也有不同。有很多是写给成年人的，也有专门写给孩子和青少年的。专门为孩子和青少年写文学书，不是从古就有的，而是历史不长。可是已经写出来的足以称得上琳琅和灿烂了。它可以算作是这二三百年来我们的文学里最值得炫耀的事情之一，几乎任何一本统计世纪文学成就的大书里都不会忘记写上这一笔，而且写上一个个具体的灿烂书名。

它们是我们自己的书。合乎年纪，合乎趣味，快活地笑或是严肃地思考，都是立在敬重我们生命的角度，不假冒天真，也不故意深刻。

它们是长大的人一生忘记不了的书，长大以后，他们才知道，原来这样的书，这些书里的故事和美妙，在长大之后读的文学书里再难遇见，可是因为他们读过了，所以没有遗憾。他们会这样劝说："读一读吧，要不会遗憾的。"

我们不要像安徒生写的那棵小枞树，老急着长大，老以为自己已经长大，不理睬照射它的那么温暖的太阳光和充分的新鲜空气，连飞翔过去的小鸟，和早晨与晚间飘过去的红云也一点儿都不感兴趣，老想着我长大了，我长大了。

"请你跟我们一道享受你的生活吧!"太阳光说。

"请你在自由中享受你新鲜的青春吧!"空气说。

"请你尽情地阅读属于你的年龄的文学书吧!"梅子涵说。

现在的这些"国际大奖小说"就是这样的书。

它们真是非常好,读完了,放进你自己的书架,你永远也不会抽离的。

很多年后,你当父亲、母亲了,你会对儿子、女儿说:"读一读它们,我的孩子!"

你还会当爷爷、奶奶、外公和外婆,你会对孙辈们说:"读一读它们吧,我都珍藏了一辈子了!"

一辈子的书。

作者自序

我与灵熊

班·麦可森

对我而言，创作《遇见灵熊》的过程是一段自我成长的旅途。我在南美洲出生、长大，很小的时候就知道因自己的肤色而被压抑、被奚落是什么感受。之后，我也知道一名正处于青春期的少年内心变得激愤是什么情形，愤怒到连做出来的行为都开始摧毁自我。不过，我也很清楚地记得我所学到的教训，这些教训帮助我摆脱早年的挣扎，并且帮我把目光集中在人生的积极面上。这个新的焦点逐渐成为我人生的现实，一个极为美好的真实现况。

在为《遇见灵熊》做背景研究之际，我曾搭帆船北上，在加拿大不列颠哥伦比亚省的内湾航道航行。途中，我曾在九月底的天气跳入海浪里，并且游了约两千米到岸上去。一到那儿，我就用尽所有方法想在寒冷的空气中活下来，但即使以往受过求生训练，我发觉还是办不到。我们船上的工作人员在三小时后带着毛毯及热巧克力上岸，避免我失温。然而，这次经验对于我创作这个故事很有帮助，并且让故事相当逼真。

世上大部分的灵熊都活在加拿大不列颠哥伦比亚省的岛屿上。这些熊并不是白化体，它们全身雪白，但眼睛与鼻子是黑色的。它们是黑熊，但有其他黑熊体内找不到的隐性遗传基因。灵熊又被人们称为柯莫德熊。许多住在岛上的当地原住民甚至从来没见过柯莫德熊,因为它们的行踪难以捉摸。

在岛上的第二天傍晚,我看到距离我所站之处不足六米的位置,有只巨大的灵熊朝海岸线直走过去。它用嘴叼起一条死鲑鱼,很温顺地看着我,好似我不过是棵树。接着,它转过身,缓慢又笨拙地回到森林里去。它看着我的那一刻令我终生难忘。

另外,我自己饲养一头重约三百四十千克的黑熊已经二十七年了,这也许是我创作这本书的另一个灵感来源。我发现我的熊(它叫巴菲)是一面情绪的镜子。如果我轻松愉快,它就轻松愉快。如果我认真和它玩,它也会很认真地和我玩。如果我伤心,它会把下巴搁在我的肩膀上,那会是你所见过最伤心的一头熊。不过,要是我发怒,它也会变得危险。我一领悟到所有生命皆如此,便开始理解我自己,同时也理解了《遇见灵熊》中主要角色柯尔·马修斯的精神内核。

我必须说清楚,我强烈反对人类饲养野生动物。可是,我的熊巴菲是一头即将被杀害的研究用幼熊。我答应带走它实在是因为没有其他的选择余地。

在做调研的过程中,我仔细研究了"环形正义",也访问了数位年轻时曾经被流放的原住民。我认为,在我用头脑去理解"以疗愈代替惩罚"的要义之后,还经过了很长一段时间才懂得用心去理解。我仍然记得自己以心去理解的那一天。那天,我正跟着一位在轮渡上认识的海达族长者于加拿大不列颠哥伦比亚省的西边群岛间旅行。就是这位长者向我介绍了许多当地的仪式,比如浸泡在池塘里、折断愤怒之枝、搬运祖先石、雕刻图腾以及夜晚围着营火跳舞等等。

我在岛上的最后一天下午,见到两个八年级的男孩打了一场架。那场架打得既凶狠又火爆,两个男孩都试图严重地伤害对方。他们用脚踹对方,互吐口水。一个男孩抓住另一个男孩的头发,把他甩到地上,用脚踢他。那个男孩爬起来,试图去挖另一个男孩的眼睛。

那位海达族长者是个高大的人。他从容地朝两个打架的男孩走过去,抓起他们衣领后方,将他们的身体从地上拉起并把两人分开。他几乎将两人提离地面,开口问道:"谁先开始的?"

那两个男孩大声咒骂,相互指控对方。

那名海达族长者沉稳地问:"谁先挥的第一拳?"

一个男孩终于承认,不过嘴上仍骂着另一名男孩,指责对方谩骂自己的母亲。

"不过是你挥第一拳的?"长者问。

那男孩点头,"所以,你要怎么样?揍我吗?"

长者摇摇头,"不,我要做一件让你伤得更痛的事情。"然后,他拥抱了那个男孩。

一开始,那男孩挣扎着要逃脱,但他没有成功。另一名男孩在长者背后朝着他的对手做出嘲弄的手势。然而几分钟过后,那名被抱住的男孩意识到挣扎并没有用,终于放松下来。就在此时,另一个男孩的脸上闪过一抹不解的神色。他质问道:"如果是他先开始打架的话,为什么你要抱他?"

"因为他需要更多的爱。"长者轻柔地回答。

就是在这一刻,我明白了"环形正义"的意义,同时知道自己写得出《遇见灵熊》。

目录　遇见灵熊

第一章　柯尔的计划……………1
第二章　那座岛……………10
第三章　逃离小岛……………20
第四章　原谅并不等于遗忘……………27
第五章　失控……………34
第六章　流放……………39
第七章　是吃还是死？……………49
第八章　独自一人……………55
第九章　暴风雨……………63
第十章　柯尔的选择……………68
第十一章　挑衅……………75
第十二章　触摸……………80
第十三章　获救……………89
第十四章　疗愈……………98

第十五章　最后一次机会…………107

第十六章　热狗就是全世界…………115

第十七章　池塘…………121

第十八章　发现自我…………127

第十九章　那颗石头…………137

第二十章　灵熊舞…………145

第二十一章　发现秘密…………154

第二十二章　隐形…………161

第二十三章　愤怒之舞…………165

第二十四章　冬天来临…………170

第二十五章　疗愈的秘密…………179

第二十六章　彼得的疗伤之路…………187

第二十七章　慢慢疗愈…………197

第二十八章　原谅…………203

愤怒永远不会被遗忘,你只能驯服它。

第一章　柯尔的计划

柯尔·马修斯跪在小艇的船头,正面迎向九月的冷风。每当小船啪地摔进浪头里一回,那对老旧的手铐便紧咬他的手腕一次。灰蒙蒙的天空似乎预示着不好的征兆。虽然柯尔答应在抵达小岛开始流放之前都会戴着手铐,但他依旧使劲地拉扯着。独自前往阿拉斯加州东南部度过一整年,是他避免进明尼阿波利斯监牢的唯一方法。

这段旅途的最后阶段,有两个人陪他。坐在中间的是葛维——他来自明尼苏达州明尼阿波利斯市,是个声音粗哑、妙语连珠的缓刑监督官。葛维说他是特林基特族人,当他用骄傲的语气说出"特林基特"时,舌头弹出的咔嗒咔嗒声就成了"克林克伊特"。葛维的长相就像是一只带着慵懒眼神的牛头犬。柯尔不信任葛维,事实上不怕他的人他都不信。葛维假装要做他的朋友,但柯尔很清楚他只不过是个收钱办事的保姆。这星期,葛维的工作就是护送一个暴力少年犯从明尼阿波利斯到西雅图,再到阿拉斯加州的凯契根去。他们在那儿登上一艘大型的银色飞艇到德瑞克的特林基特村,现在正要前往某个偏僻的小岛。

艾德温坐在小艇的最后面。他肚子大大的,话不多,是个特林基特长者,这些日子来帮忙处理流放柯尔的事。他漫不经心地驾着船,只穿一件褪色的蓝T恤衫以及松垮的牛仔裤抵挡风势。你很难从艾德温深陷的眼窝中看出他在想什么。他以钢铁般的毅力直视前方,像一匹等待中的狼。柯尔同样不信任他。

在柯尔即将居住的那座岛上,他的住所以及一切物资都是艾德温准备的。柯尔第一次在德瑞克遇见艾德温的时候,这个老人板着脸,用一根手指指着他,命令说:"把衣服反过来穿。"

柯尔回他:"老头子,你有没有搞错?!"

"在流放的头两个星期你都得把它们反过来穿,以表示你的谦逊及羞愧。"艾德温冷漠地回答后,转身把登船的木板调向他那又旧又锈的接驳船。

柯尔犹豫地注视着离开的老人。

葛维警告他:"照做就对了。"

柯尔站在木板上,面对众人,嘻皮笑脸地脱下衣服,再一件一件慢慢地反穿,连内衣裤也是。村民们站在岸边注视着他,直到他换完。

面对眼前波涛汹涌的大海,柯尔脸上仍带着一贯的虚假笑容。身上的蓝色牛仔裤、厚重的羊毛衫以及防雨外套磨痛了他的皮肤。不过这无关紧要,只要可以不坐牢,就算要他在脖子上戴牛铃,他都愿意。他不是特林基特族人。他是一个一脸无辜、娃娃脸、十五岁的明尼阿波利斯人,而且大半时间都在跟法律过不去。每个人都认为他是因为对自己以往的所作所为感到懊悔,才会选择到那个荒岛上赎罪。

不过,事实并不是这样。对柯尔来说,这只是另一场大游戏。含盐的空气刺痛柯尔的脸,他转过头去,瞥向艾德温。那老人面无表情地回了他一眼。柯尔心里满是愤怒,他厌恶那个愚蠢的眼神。他假装对着海浪吐口水,好让风把浓稠的唾液带回船上。

那口唾液果然正对着艾德温飞回来,划过那件褪色的 T 恤衫。艾德温随意地从小艇底部拿起一块沾满油污的抹布擦掉那坨脏东西,再把抹布丢回座位下,继续盯着柯尔。

柯尔装出一副惊讶的表情,好像自己犯了一个可怕的错误一样,然后再次扭扯手铐。这老家伙到底有什么毛病啊?看他一副天塌了都不怕的模样。他一定会害怕某样东西,每个人都会害怕某样东西。

柯尔想起这几年家乡所有尝试帮助他的人,他讨厌他们的假惺惺。他们根本不在乎他会发生什么事情,他从他们的眼睛里看得出来,他们胆小如鼠。他们很害怕,也很高兴能摆脱他。他们不知道能做什么,只好假装帮忙。

多年来,"帮助"这个词指的是把他送去上情绪治疗课程。每隔几个月,柯尔就发现自己又被"提交"到另一个人手上。他老早就知道"提交"是大人用来推卸责任的词汇。他到过十多个警察局,也遇见过一堆辅导员和心理专家,还去过两个精神疗养中心。

每一次他捅了娄子,总会被警告要改过自新,因为这是他最后一次机会。即使在他出发前往小岛的那一天,几个前来送行的人(包括他的父母)也警告他:"别搞砸了,这是你最后一次机会。"柯尔做好准备迎向下一个大浪,管它发生什么事,他总是可以指望还有"最后一次机会"。

那根本不重要。柯尔从没想过要遵守他在"环形正义"会议上同意的合约。只要他们放他自己一个人待着,这场蠢游戏立刻就结束了。"环形正义"都是一堆废话。如果他们认为他真会像动物一样,把自己困在一个阿拉斯加州荒岛上一整年,那他们才是疯了。

柯尔又扭扯了一下手铐。去年这时,他听都没听过什么"环形正义",直到他因闯进一间五金店被逮捕后才第一次听到。柯尔不但抢了五金店,还把那里砸得稀烂。

警察本来逮不到他。可是一星期后,他在学校吹嘘这件事,某个人背叛了他,向警察告密,所以警察才来讯问。柯尔当然否认非法入侵,之后还痛打那个泄密人一顿。

彼得·锥斯寇是个九年级学生。之前柯尔找过他好几次碴儿,都纯粹只为好玩儿。可是背叛柯尔的人一定得付出代价。那天柯尔在学校走廊追上彼得,用力推了他一把,警告那个红头发、皮包骨的男生说:"你死定了。"当柯尔见到彼得眼中的惊恐时,他大笑不止。

放学后,柯尔把彼得逼到停车场去。他带着积了一整天的怒气攻击彼得,用拳头猛揍他的脸。彼得不是他的对手,没多久就被打出血来了。当时有十多个学生站在一旁围观。当彼得奋力要逃跑时,一个跟跄摔在地上。柯尔又跳到他身上,抓着他的头用力地撞向人行道。最后,还是六个学生合力才把柯尔拉开。在这之前,彼得已经蜷缩在血迹斑斑的人行道上啜泣了。柯尔虽然被拉住,但依旧猖狂地大笑着,还朝彼得吐口水。背叛柯尔的人不可能逃得掉。

由于恶意攻击彼得,在法院决定怎么处置他之前,柯尔必须待在少管所里。除了一张铺着灰毯的床、没有盖子的马桶、一块可放衣服的搁板、一张水泥桌、一扇面对团体活动区的铁窗之外,他那个白色墙壁的房间再也没有其他东西了,房间里弥漫着一股消毒水味。

每天晚上,警卫都会锁上房间厚重的钢板门。他们称这里为"房间",不过柯尔知道它是个"牢房",房间才不需要一扇上锁的钢板门。白天,警卫允许柯尔和其他青少年一起进入团体活动区,前提是如果柯尔愿意的话。他可以读书、看电视或讲话。他们希望他跟着每天造访的辅导老师一起做功课。那真是天大的笑话,这里又不是学校,他也不是学生。柯尔能躲就躲,他才不跟少管所里那些没用的家伙来往。

柯尔认为如果彼得知道怎么反击的话,他就不会待在这里了。不过彼得也没好到哪里去,他住院了。医生的诊断报告上说,他可能受到了永久性的伤害。"他活该。"柯尔第一次听到彼得的情形时,这样咕哝着。

最近这一次被捕,最让柯尔生气的是他自己的父母。以前,他们总是带着律师忙这忙那,张罗怎么赔偿损失,还请求将他释放。他们会用金钱和人脉摆平他闯的祸,并保护他们的名誉。有哪个父母会希望人家知道自己的儿子是少年犯?柯尔只需要假装忏悔几天,等着事件烟消云散就行。不过这都是以前的事了,那时他的父母还没有离婚。

这一次,他没被释放。由于他过去的纪录以及这次的暴力行为,他被留滞到检察官提出申请,把他转到成人法庭为止。甚至连纳森尼·布莱伍(他爸爸聘请的昂贵的辩护律师)也告诉柯尔,他可能会被当作成人来审判。他如果被判有罪,就得去坐牢。

柯尔不敢相信自己的父母会任由这种事情发生。真是一对蠢蛋!他痛恨他的父母。他妈妈的举止有如受惊的芭比娃娃,虽然外表看起来光鲜亮丽,可是从来不反击也从不挺身而出。他爸爸是个顽固、暴躁的酒鬼,认为每件事都是柯尔的错——为什么他的房间乱七八糟?为什么他不清理垃圾?为什么他还没修草坪?为什么他还活着?

"我永远不要再看到你们这些讨厌鬼的脸!"知道自己不会被释放之后,柯尔对着律师及爸妈大吼。不过,他的父母还是设法来看他。由于离婚了,所以他们分头来探视。柯尔想:这就是他在他们心中的分量,他们甚至没办法放下愚蠢的自尊一起来看他。

每次探视时,柯尔都会轻松地在床上休息,假装看报纸,完全忽视他们。他喜欢看他爸妈(尤其是他爸爸)局促不安、受挫泄气的样子。有时候,他爸爸会气得满脸通红,肌肉不停地抽搐。不过,警卫在一旁看着,他不能动柯尔一根寒毛。

最后,他爸妈放弃探视的念头,甚至纳森尼·布莱伍也很少来,除非有听证会和取证需要才会出现。柯尔不喜欢那个律师。他每次讲话就像透过麦克风对一群人演讲似的,恶心死了。柯尔肯定,布莱伍所有的衣服一定都上了浆,看他走路的样子,八成连内衣裤都是。

葛维是唯一坚持定期来看柯尔的人。那个健壮、结实的缓刑监督官几乎每天都造访少管所。

柯尔实在不了解葛维,缓刑监督官一般都超级忙,为什么葛维还有空常来呢?他在打什么主意?每个人都会图谋些什么。没有摸清他的目的前,柯尔才不要他来探视。他不需要朋友,也不需要保姆。

有一次探视,葛维随口问起:"我知道你在主导一切,老大。可是,你有没有考虑过申请参加'环形正义'?"

"什么是'环形正义'?"

"是实行正义的一种疗伤做法,几百年来原住民都这么做。"

"我不是原住民!"柯尔说。

葛维耐心地说:"你不需要变成原住民。任何人都有能力去爱、去原谅、去疗伤,那不是某些人的专利。"

"对我有什么好处?"

葛维摇了摇头,"如果你杀了我的猫,照正常程序来讲,警察会罚你钱,顶多就是这样了。可是我们依旧会痛恨对方,我仍然为我的猫难过,你也因为必须付罚款而生气。在'环形正义'

里,你要签署一份疗伤合约。也许,你答应帮我挑选一只新的小猫,并且照顾那只猫。"

"我为什么要照顾一只蠢猫?"

"因为你伤害了我和我的猫。为我和另一只猫做一些事,可以让你回归正常。"

"要是我不在乎你和你那只蠢猫呢?"

"那就为你自己而做。你也是个受害者。因为你遇到了很糟糕的事,才会想要杀死一只可怜的小动物。"

柯尔耸耸肩,"喂一只蠢猫还是比付罚款好。"

葛维笑着在柯尔的背上拍了拍,"你还是没听懂,对不对,老大?"

柯尔避开葛维。他讨厌被叫"老大",而且讨厌被人碰。除了挨打之外,从没有人碰过他,从他有记忆以来就是这样。

葛维解释道:"'环形正义'是在设法疗伤,而不是惩罚。你的律师或许会带你去动物园,帮助你懂得欣赏动物。检察官也许会让你跟着兽医工作一整天,好让你体会生命的价值。法官也许会在周末跟你一起做鸟屋,来弥补你在动物圈里的破坏。甚至连邻居也可以帮忙做些事。"

"他们真的在明尼阿波利斯做这个东西?"

葛维点头,"这是个新的实验计划。其他城镇也在实验中。"

"干吗要自找麻烦做这种事?"

"为了疗伤。正义应该要治疗伤痛,而不是惩罚。如果你杀了我的猫,你就得让自己变成一个懂得关怀动物的人才行。你跟我得成为朋友,而我得原谅你好让愤怒得以化解,那就是'环形正义'。每个关心这件事的人都是疗伤过程中的一部分。不过,疗伤远比正常程序的惩罚还要困难。疗伤的过程会要求你对你的行为负责任。"

柯尔咬着嘴唇,"这可以让我不用坐牢?"

"这跟躲避牢狱之灾没有关系。"葛维说,"如果你带着愤怒进去,你就会带着愤怒出来。如果你带着爱进去,也会带着爱出来。重点在于你怎么做,而不是你做了什么。如果你带着善心,就算监牢也会变成一个良善的地方。不过我告诉你,'环形正义'计划下的刑期,如果有的话,通常都会减刑的。"

只要知道这点就够了,他了解该怎么玩了。"我要怎么进这个'环形正义'?"柯尔用真诚的语气问着。

葛维把手放在柯尔肩上,"我会帮你拿申请表,不过你自己才是那个启动程序的人。"他轻叩柯尔的胸膛,"如果你不想改变,那计划永远不会见效。"

柯尔忍着不把葛维的手推开。"我真的想要改变。"他用无辜的、孩子般的声音说着。以前这种声音曾经帮他达到无数的目的。

葛维点点头,"好,我们就来看看你是不是认真的。我会帮你申请。"

那天葛维离开少管所后,柯尔在空中挥拳大叫:"真棒!"全世界都是笨蛋,而葛维又是其中的第一名。

第二章　那座岛

小艇上沉重的补给品让船只能在浪中颠簸而行。柯尔仔细瞧了瞧满箱的罐头食品、衣服、铺盖卷儿、斧头、炊具、厚重的雨衣、胶鞋，甚至还有他应该要完成的学校功课。他暗自发笑。他才不会做一丁点儿功课呢。

几个星期前，那个从德瑞克来的特林基特老人艾德温就已经在岛上替柯尔盖好了一间简陋的木屋，只有一个房间而已。他形容里面空空荡荡，只有一个小木头炉灶和床，这正是给灵魂思考与疗伤的好地方。

柯尔憎恨那间小屋以及所有的用具。他爸爸同意支付整个流放过程的所有费用，因为这只不过是他财产中的一小部分罢了。柯尔很想告诉他："这场游戏太差劲了。"柯尔更用力地扭转手铐。他才不怕痛，也不怕任何人或任何东西，他要玩到他能逃跑为止。柯尔回头看了葛维一眼。这整个"环形正义"一直是个大笑话。在明尼阿波利斯的时候，他是被迫承认有罪，被迫请求环形会帮助他改变生命。

请求帮助是个简单的蒙骗工作，他不喜欢的是"承认有罪"这件事。"好像要把自己吊死一样。"他对葛维这样抱怨。

葛维说：“你可以随时撤回你的答辩，寻求正常的司法程序。只是一开始进行审判程序，就来不及申请'环形正义'了。”柯尔犹豫着，葛维又补充一句：“我想你应该喜欢主导的地位吧，老大。”

柯尔才懒得听他的，可是他别无选择。"好吧。"他不情不愿地回答，"如果你说谎，你会后悔的。"

葛维一副惊讶的表情。"老大，你以为我在哄骗你？"他牵了一下嘴角，"你的确还得好好学习什么是信任。"

柯尔咕哝着：“不要叫我老大，那不是我的名字。”然后他闭上了嘴。没有人能激怒他，这场游戏他非赢不可。他问：“那么，我什么时候可以开始'环形正义'？”

"你可以提出申请，但是并不表示你就会被接受。首先，环形会的委员们会来找你。他们会跟彼得·锥斯寇，还有他的家人、你的父母，以及其他人恳谈，以便判定你是否认真地想要改变。这可能要花上好几个星期。"葛维犹豫了一下，"记住：如果你不是真心想要改变的话，就不要浪费大家的时间。"

柯尔顺从地点点头，像只会乖乖守规矩、跳过每个铁圈的小狗。只要让他到达那座岛，一切就终止了。他要向全世界证明，没有人能够愚弄他。

柯尔听到马达慢下来的声音，意识到艾德温正把小艇导向前方一座大岛的海湾。远方墨绿色的森林笼罩着灰色雾气。那个为柯尔建造的小屋就在树林旁的海岸线上，木屋上盖满了黑色的防潮纸。柯尔又朝浪头吐了口水。如果这些老顽固真的以为他会在这个小木屋里住上一整年的话,他们就都是疯子。

小艇擦过岩石,葛维跳出去把船拉上岸。柯尔依旧戴着手铐,笨拙地爬过船头,走到湿滑的石头上。艾德温立刻动手卸下生活用品。

柯尔问:"为什么不解开我的手铐让我帮忙?"

葛维和艾德温不理他。他们一趟又一趟地把沉重的硬纸箱堆到小屋门后。搬完后,艾德温示意柯尔跟他去一个长满青苔的地方。柯尔缓慢地跟着,一直到树林边才跟上艾德温的脚步。

艾德温转向柯尔说:"这里没人看护你。有食物吃,你就活着。没的吃,你就死。这块土地能够供养你,也能杀了你。"他指着森林,"冬天很长,多砍一些柴,不然你会冻死。每样东西都要保持干燥,因为湿气也会要你的命。"

"我才不怕死。"柯尔吹嘘着。

艾德温轻轻一笑,"如果死神在你面前瞪着你,相信我,孩子,你会怕的。"他指向一棵高大又扭曲如蛇的植物说:"岛上长满了魔棒树。不要抓,不然上百根小刺会把你的手扎得像香肠一样肿。"艾德温往四百米外的小湾指了一下,"你可以到那边的溪流取淡水。"

"为什么不把我的营地建在溪边?"

"其他动物也会到那里取水。"艾德温说,"如果熊在溪边挖洞做窝,你会有什么感觉?"

柯尔耸耸肩,"我就把它宰了。"

艾德温带着理解的笑容点点头,"别忘了,动物也是这么想。"他转身面向柯尔,一只手搭在他肩上。柯尔想要推开,艾德温却像钳子一样紧扣着他。"你不是这里唯一的生物,你是更大的生物圈里的一部分。学习找到你的位置,不然你会有苦日子过。"

"有什么好学的?"

"耐心、温柔、力量、坦率。"艾德温说着抬头望向树林,"动物比任何一位老师都能教会我们更加认识自己。"他望向南方,"靠近加拿大不列颠哥伦比亚省的海岸,有一种特别的熊,叫灵熊。它们全身雪白,而且比大多数的人类还更尊贵。"

柯尔说:"遇见灵熊,我会宰了它。"

艾德温把他抓得更紧,好像在警诫什么。"你怎么对待动物,你就怎么对待你自己。记住这句话。"

"你疯了,老头儿。"柯尔想挣脱艾德温紧扣的手。艾德温没事似的,继续平静地说:"除非你确实知道那是什么东西,不然什么也别吃。植物、浆果、蘑菇都可能要你的命。如果你想知道什么是安全可食用的,箱子里有一本书,我建议你一个字一个字仔细地读一下。现在能不能活下去完全靠你自己了。我不知道以前你在大城市里怎么过活,可是在这里,你的一举一动都决定你的生死。我们几天后会再来看你,之后葛维就回家了,而我则几个星期来送一次补给品。有没有问题?"

柯尔假笑了一下,他根本没打算吃灌木或者浆果。"为什么你们要把我带到这么远的地方?"他嘲弄地问,"怕我逃跑吗?"

艾德温朝海湾望去,深吸了一口气。"几年前我灵魂迷失的时候,就是被带来这里的。这是个找到自己的好地方。"

"这地方烂透了!"柯尔咕哝着。

艾德温拿出一把钥匙,粗鲁地把柯尔转过身,打开他的手铐。"愤怒会让你继续迷失。"走回小屋时,他这么说,"你可以在这里找到你自己,不过只有在你真正去寻找的时候才找得到。"

柯尔跟在后头,搓揉着手腕上擦伤的皮肤。

葛维站在小屋外面,递给柯尔一小捆东西。

"这是什么?"柯尔一边问,一边摊开一条沉重的羊毛毯,上面织着一根带有许多鲜艳的蓝、红图案的图腾柱。

"特林基特人称它为'婀图①'。"

"婀图?"

"不过'婀'的音较轻较低。"葛维说,"婀图是你继承的东西。这条毯子在我们家族里已经传承好几代了,曾经隶属于我们某一位酋长,也是我们跟祖先间的联系。你无法拥有它,你只是暂时保管它的人。一旦从我这里拿了这条婀图,你就得答应照顾它,然后某一天把它传给你所信任的某个人。"

"你的意思是你信任我?"

葛维点点头,"如果你保证照顾它,我就相信你。说话要算话。"葛维看着柯尔的眼睛,"你保证会好好照顾这条婀图吗?"

柯尔把毯子塞在腋下,"好,可以,听你的。"

---

① 一种羊毛毯的特林基特语音译。

葛维感伤地把手放在柯尔的肩膀上,"柯尔,不要浪费这次机会。"

为什么每个人都要碰他?他才不需要帮忙,他只要全世界滚开。柯尔的怒气突然冒了上来,他猛然退开,气冲冲地说:"你们到底走不走?"

艾德温与葛维转身走向小艇。艾德温先爬上船,坐好后,葛维推了一下小船,让它离开滑溜溜的灰色岩石,自己再跳上船。艾德温用力拉起启动器的绳子,船尾的发动机就轰轰地运转起来了。

小艇离海湾越来越远,机器的嗒嗒声也在起伏的波浪中逐渐减弱。葛维远远地挥手表示再见。柯尔也挥手回应,咧着嘴笑。距离这么远,他们看不见柯尔不断向他们挥舞竖立的中指。

柯尔看着船逐渐缩小成海湾外的一个小点,然后走下去捡起一块石头,狠狠地朝大海丢去。他终于独处了。他被关在少管所快三个月了,一天二十四小时都被看守着。他也忍受那些环形会的大人们将近三个月了。真是一群笨蛋。他们不断来看他,问一些很可笑的问题。随便哪个白痴都知道他们想要听到什么答案。

"我们为什么要相信你是真心的?"有几个委员会成员在探视的时候这么问柯尔。

柯尔想要说:"因为如果你们不相信,我就要把你们的脑袋打爆。"不过,他顺从地说:"你们是不应该相信。"说着,他尽可能地装出严肃的表情。"我把事情搞砸了。这次伤害人,让我想了很多。"为求效果,他还暂停了一下,接着才说,"我希望现在躺在医院的人是我而不是彼得。我真的这么想。那才是我真正应得的。"

看着来访的人在他们那些愚蠢的小文件夹里草草地写着笔记,柯尔越来越不耐烦。真是浪费时间。他们大概害怕把他当成成人审判,还送他去坐牢吧。

"为什么他们还没做出决定呢?"有一次葛维来的时候,柯尔抱怨道,"他们在等什么?"

葛维回答说:"这要花时间的。环形会需要知道你是不是真心想要改变。有些人认为你还有敌视的态度。"葛维露齿笑着,"老大,我想象不出他们是从哪里看出来的。你能告诉我吗?"

"我已经告诉过他们我想要改变了。"柯尔急躁地说,"他们还想怎么样?"

"说空话不需要力气。他们要你说到做到。"

"坐在这个烂地方我怎么证明啊?"

"爱因斯坦,仔细想一想吧。万一你只是个娃娃脸的骗子,那怎么办呢?"葛维举起双手,"已经有很多人为了你的愤怒和谎言,付出了惨痛的代价。你有比'离开这个地方'更大的问题要处理。"

"是吗,比如什么?"

"如果你被'环形正义'接受,谁来当你的保证人?委员会要求有某个人跟你一起经历整个过程。"

"我以为你会帮我。"柯尔毫不掩饰他的恼怒。

葛维摇头。"我才不花时间在输家身上。除非你百分之一百一地保证会改变,不然你是在浪费我和其他人的时间。如果那样的话,你最好去坐牢。"葛维开玩笑似的推了他一把,"老大,下定决心吧!全世界都等得不耐烦了。"

柯尔真想一拳打得葛维满地找牙,不过他还是勉强挤出了一个笑容。葛维走了之后,柯尔握紧双拳,用力到指关节都变白了。

当船的轮廓消失,发动机微弱的声响化为一片寂静的时候,已是傍晚了。柯尔的视线被突如其来的热泪遮住。这个'环形正义'跟坐牢没两样。他再一次被那些想甩掉他的人遗弃了。他的父母大概很高兴儿子距离他们有一百多万千米远。他们想要把他像只动物一样关起来。

柯尔感受到一股熟悉的愤怒在体内升起。上次有同样的感受是在少管所的小牢房里:一天下午,他不肯做学校功课,结果他的电视特权被取消了。柯尔绷着脸坐在房间,刻意孤立自己。他怒火中烧,就像被点燃的导火线一样。

他幻想着获得自由以后,要怎样向每个人讨回这笔债。柯尔跳起来,冲到牢房另一边,掀翻金属床架,用力捶打墙壁,一拳比一拳重。不久,指关节流出血来,染污了墙壁。

最后,柯尔跌坐在马桶旁边的地板上啜泣着。他盯着自己流血的关节——有人要为此付出代价。

几个小时后,葛维来看他时,他依然蜷缩在牢房的地板上。

葛维绕过那张翻倒的床架,沉思着,然后往门口走去。

柯尔抬头往上看,问道:"要走了?"

"我不想待在老把自己的过错归罪于全世界的人旁边。"

"所以你认为是我的错?"

"我只是认为,这个世界本来就不是绝对公平的地方。你越快摆脱你那死脑筋,就能越快过你自己的生活。"

"所以你不会当我的保证人?"柯尔脱口而出。

葛维耸耸肩,"如果你想改变的话,你得下定决心。"

柯尔说:"我已经告诉过你我想改了。"

葛维往下瞥了一眼柯尔淤血肿胀的关节,问:"墙壁是你最好的打架对象吗?"

"我跌倒了。"柯尔说着,心里希望葛维不要再挂着制式的微笑,能好好瞧瞧拳头的功用,"我跌倒的时候弄伤的。"他深吸了一口气。他不会被葛维惹火,而把这个不用坐牢的机会搞砸了。"你到底要不要当我的保证人?"他问,"我不会求你的。"

葛维在门口停了下来,转过身,直视柯尔的眼睛,"我会帮你,可是不会浪费我的时间。懂吗?我没有空跟输家瞎耗。"

柯尔做出严肃的表情,"我不会输的。"

"好。"葛维说。他离开的时候,又回头叫了一声:"嘿,老大,哪天跌倒的时候用拳头着地看看。"

柯尔站在岸边,怒火中烧。过不了多久,愤怒就会像火药一样引爆。导火线越烧越短,他扯掉衣服,把每一件都翻回正面,重新穿上。现在游戏结束了,他开始掌控一切。他不理睬波光闪烁的海浪,朝着岩石堆径直走去。

浮木、海草、贝壳散落在篮球大小的石头上。柯尔捡了一块浮木用力丢出去。那间小屋是花钱买的,是一个让他爸妈和那些虚情假意的人自以为对他会有帮助的东西。柯尔想:他们砸的钱还不够!他宁可去死也不要在他们的蠢屋子里待上一晚,陪他们玩他们的笨游戏。

他一边靠近小屋一边骂脏话,将葛维给他的毯子丢到地上。再也没有什么游戏了。他冲进小屋内,用狂暴的眼神四周巡视。一大堆纸板箱旁有一桶给他点灯用的无铅汽油。柯尔旋开盖子,不顾一切地把汽油洒在所有的日用品上,剩下的则泼在墙上。

他扯开箱子,找到火柴盒,拿出了一根火柴棒。他走到屋外,盯着小屋和里头的用品。他的视线模糊了,暴怒控制了他紧紧抓着火柴的手;暴怒控制了他鼻孔呼出的蔑视气息,以及拿火柴棒划过火柴盒的动作;暴怒控制了柯尔的手——就在他缩了回来,停了半秒钟,又接着把点燃的火柴抛向小屋的时候。

汽油点燃了,火焰快速地蔓延成熊熊火势,吞噬了整堆的箱子。黄色火舌变成了橘色、红色,然后带着一道道蓝色火焰燃烧着。当火烧得像炼狱之火时,柯尔努力地想把嘴里冒出的痛苦咽回去。

第三章　逃离小岛

　　柯尔绷着脸,目光漫无目的地在火堆上打转。他想复仇,却没有从中得到一丝乐趣。老鹰在头顶上随着气流盘旋。海湾里,一头母海豹和它的斑纹小海豹在玩耍。金黄色的太阳从灰色的云层中筛下,落在海浪上闪闪发光。微风把一些如游荡的星星般的火花卷起来。柯尔咕哝着:"这地方烂透了!"他死盯着噼啪作响的炽热火焰,愤怒也在胸中沸腾。

　　柯尔站着,前后晃动。没有人关心他,没有人了解他,没有人知道和诅咒他去死的父母一起住是什么感觉。人们虚假的关心,反而会激怒他,他的缓刑监督官就是其中一个。有一次,葛维放假时,穿着T恤衫和七分裤出现在少管所。他带了一个咖啡色的购物纸袋,没打招呼,就把袋子放在柯尔牢房里的水泥桌上,一屁股坐在床边,说:"好,明确地告诉我,你到底在不满什么?"

　　"任何一个白痴都看得出来。"柯尔没理葛维,只管抱怨。夏季令人窒息的酷暑,让柯尔感到缺氧。

　　"那好,你就解释给这个白痴听。"葛维说,"你知道我很迟钝。你在警察局的档案看起来很无趣。"

柯尔不想离葛维太近，便移到墙边，坐在地上，"你没听懂，对不对？我爸和我妈离婚了，完全不管我的死活。他们只在乎他们自己。没有人关心我，这辈子我完全被忽视。"

"很多人都可以这么说。"葛维说，"再具体一些。"

"再具体一些。"柯尔模仿葛维的语气说，"去年我参加摔跤比赛，还得千拜托万拜托他们来看我，就好像我很可耻一样。"

"结果他们去了吗？"

"在我火到不行之后才来。然后我输了。我故意输的，就像老爸演戏那样。"葛维没有回应，柯尔继续说，"你听够了没有？"

"我还在听。"

柯尔不知道自己为什么要对葛维掏心掏肺，他努力不让眼泪流出来，继续往下说："我爸妈只会喝酒。他们讨厌我。你知道每天早上起来，觉得自己不够好是什么感受吗？我只做错两件事——我做的每一件事和我说的每一句话。他们不等到我死是永远不会高兴的。"

一阵尴尬的寂静之后，葛维看着柯尔，平静地说："还有事没讲，对不对？"

柯尔犹豫了，"不关你的事！"

葛维说："我了解你的感受。"

柯尔跳起来，生气地瞪着葛维。"你才不了解！"他大吼，"你不会了解一天到晚被揍，揍到麻木没有任何感觉是什么感受！"

葛维缓缓地点头，"我的确知道那是什么感受。揍你的人是你爸爸吗？"

柯尔转过头去，面向墙壁，"他会一直喝到变成残忍的魔鬼。妈妈只会借酒浇愁，然后假装什么事情也没发生。就像一场永远不会醒的噩梦。"

葛维站起身，手伸进他带来的那个咖啡色纸袋，拿出一堆东西到桌上。

"你在做什么？"柯尔问。

葛维不理他，继续把盐、面粉、鸡蛋、发粉、一瓶水、糖、奶油和糖浆一样一样摆放好。柯尔擦了擦额头上的汗珠。这房间热得像火炉。

"好了。"葛维停下来说，"尝一尝桌上的每样东西。"

"门儿都没有。"柯尔抱怨，"我才不吃那些垃圾。"

葛维说："我很惊讶，原来你怕怪味道！"

"我什么都不怕。"柯尔不服气地说，起身走近桌子。他一样一样地试吃，从面粉、糖、发粉先吃起，还故意大口吃，以证明没有东西会吓到他。他若无其事地喝了一些黏稠的糖浆，咬下一大块奶油吞进肚时，眼睛还直瞪着葛维。轮到鸡蛋时，他选了一颗，头向后仰，打在嘴里，一口就吞了下去。最后，他直接把盐撒到嘴巴里。

葛维问："怎样，味道如何？"

"恶心死了。"柯尔从瓶子里灌了一大口水，"你原本期待听到什么答案？"

葛维再把手伸进袋子里。"我想再让你尝一样东西。"他拆开包装，拿出一个上头有糖霜的小烘焙蛋糕，掰下一大块，"喏，你敢的话就吃吧。"

柯尔盯着葛维,狼吞虎咽地吃下那块柔软的蛋糕,然后问道:"这要证明什么?"

葛维耸耸肩,"你喜欢那块蛋糕吗?"

"还可以。"

"我今天早上烤的,就用桌上你尝的那些材料。"

"所以呢?"柯尔说。

"我有没有多放了什么?"

"没有。"柯尔说,"这是个蠢问题。"

"可是你说那些材料吃起来很恶心。"

柯尔生气了,"合在一起就不一样了,笨蛋。"

葛维起身,不耐烦地向门口走去。他的肩膀无力地下垂,疲倦得像刚长途健走回来一样。他就这么走出钢板门,不说再见,把蛋糕和所有的材料留在了桌上。

柯尔气得在房内四处踱步,嘴里不干不净地咒骂着,一手扫过桌面,所有烘焙原料凌空飞了起来。鸡蛋摔破了,包装纸裂开,塑料容器弹飞到墙上。没几秒钟,这小房间就像炸弹炸过似的。柯尔猛踢那些奶油、面粉、糖、发粉,当他拿起蛋糕用力往钢板门砸过去时,鞋子已经裹满了黏稠的糖浆和蛋白。"烂蛋糕!"他大吼,"和我这辈子一样烂!"

巨大的火舌凶猛地吞噬所有日用品及小屋。柯尔先是咯咯地笑着,接着放声大笑。剧烈的火焰沿着小屋边缘翻滚得越来越凶,他的笑声也跟着越来越歇斯底里。在火焰吞噬整座小屋之前,柯尔就完全失控了。

他狂野地嘲笑着这个世界,以及他认识的每一个人,嘲笑着那份孤寂,嘲笑每一个找过他麻烦的流氓。他嘲笑每一次他被欺负的时刻,每一次他被逮捕的时刻,每一次他爸妈吵架的时刻。他嘲笑所有被他那酒鬼爸爸揍的时刻,或者被他酒鬼妈妈忽视的时刻。这些都是他蛋糕的材料,烂透了!柯尔再也不在乎了,他的生活不属于被人在乎的范围。

炽热的泪水随着柯尔的笑声从愤怒泛红的双眼流出来,布满脸颊。这次的流放是最大的伤痛,比他爸爸的拳头和皮带还痛,比他妈妈的漠视还痛。这是孤独、多余、不被需要的痛楚。

从着火的小屋冒出来的火焰像火车般隆隆作响,吞噬着空气。浓厚的烟从门口涌出,乘着火舌翻滚而上。柯尔还是像疯子似的狂笑,直到火势开始消退,狂放的笑声才渐渐消散。那时候,他的注意力才从火场移开。他看到婀图——那条葛维给他的鲜艳毯子——毫发无伤地躺在附近的草地上。

柯尔一边护着脸不被燃烧的高温伤到,一边抓起婀图,迅速地丢进火里,然后转身跑离火场往海岸去。疗伤环形会的人不知道他有多会游泳,连葛维也不知道。

唯一知道的人是他爸爸。他也是强迫柯尔参加游泳队的人,因为他自己中学时是游泳队员。可是不管柯尔游得多好,他爸爸都会批评他。如果柯尔游泳时露出水面的话,他的爸爸会大声嚷叫:"你游起来好像屁股上有铅条一样!"

柯尔脱掉鞋子和衣服,仔细研究了一下海湾。他穿着内裤俯视水面。船带着他从德瑞克往西走,而现在,午后的太阳在他身后。他凝视着东方第一座小岛。他可以游过一座又一座的岛,在每一座岛稍作停留,吃东西,睡觉。迟早会有船经过,可以带他回到大陆。不会有人找到他,再也不会有人告诉他应该做什么事。

柯尔涉水走到浅浪区,当海水深及胸口时,他开始呼吸困难。冰冷透明的海水比他想象得还要冷,不过他依旧冲向前开始划水。柯尔知道长时间泡在冰冷的海水中无法存活,所以现在每一分钟都很宝贵,他得努力游。

他以规律的速度前进,每划一次水就把他带离小岛监牢更远一些。游泳的时候,柯尔想到葛维还有那个愚蠢的蛋糕教学,想起自己申请参加"环形正义"的事。他送出申请表整整三个星期后,葛维才若无其事地说:"老大,你已经被环形会接受了。你打算怎么利用这次机会?"

"也该是时候了。"

"我希望委员会知道他们即将面对什么麻烦。"葛维说。

"那是你的主意。"柯尔反驳道。

葛维点头,"所以,你要让他们失望?"

"别替我操心。"柯尔说,"我要等多久才能离开这个烂洞?"

"首先,守护员会筹备聆听环形会,大家聚在一起寻找解决的方法。"

"到底有谁参加?"

"任何一个想要帮忙的人。"

"谁会想要帮我?"

"也许是你的父母、律师、法官、我自己、小区居民,或许还包括你的同学。任何想帮忙找出解决方法的人,都可以是环形会的成员。"

"我爸妈?那真是笑话。"柯尔嘲弄着说,"他们才不管我死活。"葛维没有回答,柯尔继续问:"彼得会去吗?"

葛维耸耸肩,"那要看他。他也许还没有准备好要原谅你。"

"我才不在乎他会不会原谅我。"

葛维抓抓脖子后面,抬头看着天花板,"为什么每件事一定要跟你有关?这份原谅不是给你的。彼得不原谅你,他的伤口就不会愈合。"

"也许,如果他原谅我,大家就会原谅我做过的事,然后我就可以更快地离开这个地窖。"

葛维起身离开,"原谅并不等于遗忘,老大!"

第四章　原谅并不等于遗忘

柯尔暂停下来喘口气，发现自己已经游出了海湾，正往前方大约一千六百米远的小岛前进。每回呼吸，冰冷的海水就让他的感觉更加麻痹。他大口大口地吸着气。他得在冻死以前赶快到达目的地。尽管手臂酸痛，柯尔还是继续划水，虽然他的心已经开始神游。

环形会通过柯尔的申请后，一个叫作"理解环形会"的筹备会议随即展开。每一场会议都是疗伤环形会之一，不过依照讨论的内容以及参加的成员不同而有不一样的名称，有谈话环形会、和解环形会、小区环形会、保释环形会和判决环形会等。

"每个东西都要围成圈吗？"柯尔问过葛维。

葛维说："难道不可以吗？生命就是一个圆圈！"

"我得参加所有的会议吗？"

葛维摇摇头，"组织运作环形会的人叫作守护员。当守护员跟彼得及他的家人见面时，你不准参加。"

"守护员为什么要见他们？"

"如果锥斯寇一家知道环形会允许他们在做重要决定的时候发表意见，而且那份原谅能够帮助彼得疗伤的话，他们或许也会参加环形会。"

"你是说他们也会帮忙决定怎么判决我？"

葛维点头，"或许吧。"

"他们会把我吊死。"柯尔说，"我死定了。"

"我觉得你已经把自己吊死了。"葛维回答他。

当第一次环形会的准备工作完成后，公共图书馆的地下室张贴了公告，会议就在那儿举行。第一天晚上柯尔进入图书馆时，紧张地抓着肚子。警卫在会议室外头摘掉他的手铐，并且留在走廊上，让他自己一个人进去。他不知道会发生什么事。

一个自称是守护员的女人迎上前来，跟他握手。她愉快地说："谢谢你今晚过来。"虽然她的年纪老到可以当柯尔的祖母了，可是她身上穿的却是法兰绒衬衫和蓝色牛仔裤。

"我别无选择。"柯尔一边找位子坐一边嘀咕。他看到一堆完全不认识的陌生人排队依次进入也在找位子，于是选了一张角落的椅子坐下。从椅子的张数可知，参加聆听环形会的人远比参加其他会议的人要多。更糟糕的是，柯尔知道也许今天晚上是在那次打架后，他第一次和彼得见面。

每一个新进来的人都亲切地跟柯尔以及其他人打招呼，举止就像朋友一样。柯尔照着他们的游戏规则，礼貌性地点点头，不过他注意到没有人坐在他旁边，有几个人好奇地打量着他。

他认出一个人，那是法官坦纳。柯尔上一次见到他是在少年法庭传讯审问的时候（柯尔第一次承认有罪时），那时候法官穿着黑色法袍,今天晚上他穿着毛衣和蓝色牛仔裤。

柯尔的爸爸和律师纳森尼·布莱伍一起进来,身穿深色三件式西装,打着领带。他们的穿着跟现场格格不入,律师看起来好像塑料一样僵硬。他们朝柯尔点点头,坐在紧邻他的左侧位子上。柯尔不理会他们。

柯尔的妈妈自己来了,坐在他的右侧。她穿了一件宴会礼服,头上没有一根头发不服帖。就是这样,柯尔不满地想着。对她来说,这又是另外一个社交场合,她大概又花了好几个小时准备。然而,从来没有一样东西能够遮盖她眼中害怕的神情。柯尔猜想:出发前她大概又吞了几杯酒安定神经。柯尔在位子上不安地扭动。他的爸妈甚至没有向对方打招呼。

葛维到达后坐在附近。柯尔看着越来越多的陌生人进来,一边在座位上紧张地磨蹭,一边对葛维点点头。似乎全世界的人都来了。那是当然的喽,守护员在图书馆公布栏上张贴了公告,邀请任何人来参加会议。

柯尔用鞋子踢打另一只脚。他们为什么不干脆到街上广播:"大家注意,来帮忙取笑柯尔·马修斯!"柯尔心想:至少他的同学不会出现。他们很清楚如果现身的话,会有什么后果。然后,柯尔听到更多人进来的声音,转身一看,见到彼得跟着父母和他们的律师。

彼得笨拙地走着,拖着脚步羞怯地环视房间。他的律师看起来跟柯尔的妈妈年纪差不多,不过走路抬头挺胸。几乎在进来的同时,她一眼就从环形会的人里认出了柯尔,盯着他。柯尔眼睛往下看。

在守护员起身示意会议开始之前,大约已经有二十多个人进来了。守护员愉快地微笑着说:"请大家站起来手牵手。"

柯尔不喜欢握他父母的手。他的手很冷漠,而他注意到自己在拿妈妈和爸爸的手做比较——妈妈受惊害怕,虚弱地捏着,而爸爸则像铁一样坚硬,用力地紧抓。

"伟大的造物主兼疗伤者,请倾听我们祷告。"守护员以轻柔的声音开始祷告,"今晚我们聚集在一起,是因为我们的小区受了伤。在我们寻求健康的同时,请赐予我们智慧与耐心吧。阿门!"

环形会成员坐下来,守护员慢慢地深吸一口气,环视一周,向每个人微笑。"今晚我在这儿见到了几张新面孔。"她直接瞥向两位律师和坦纳法官,"让我提醒每一个人,我们不是来这里分辨输赢的。司法经常失效就是因为司法寻求处分而不是疗伤。牢狱与罚款让人们变得冷酷麻木。"

柯尔发现自己在点头。

守护员停了一会儿,"我们把它称为'环形正义',可是我们真正在寻找的是健康。我们努力同时满足攻击与受害双方的需求。"守护员看看柯尔和他的家人,再看看彼得和他的家人,"'环形正义'适合那些准备要疗伤的人。解决的方法虽简单,疗伤的路却通常困难重重。"

守护员拿起一根羽毛,"这根羽毛象征着尊重与责任,必须拿着这根羽毛才能发言。当你把羽毛拿在手里的时候,请诚实地说出心里话。"她轻声地笑了一下,"我希望我不会太啰唆,因为说太久表示你并不尊重其他人说话的权利。请像尊重你自己一样尊重其他人。轮到你拿羽毛的时候,你想说话才需要开口。这个环形会只有两条规矩,就是诚实和尊重。"

守护员的目光停在柯尔身上,"柯尔·马修斯,你长期心怀愤怒,结果变得越来越暴力,并且严重地伤害了彼得·锥斯寇。彼得到现在还在接受治疗。"

柯尔坐立不安。他不喜欢在一大群人面前如此被谈论。

守护员稍微提高了声音,面向大家:"我们的任务是恢复健康,不只针对彼得·锥斯寇,也是针对柯尔·马修斯以及我们的小区。今天晚上,我们会传递这根羽毛来介绍自己,表达关心,以及提供疗伤和亡羊补牢的办法。"守护员把羽毛递给坐在她左边的第一个人。

"我叫葛拉蒂丝·斯旺森,是四个孩子的母亲。"那位女士开始说道,"我想让我们的小区变得更好,因为这是我教养小孩的地方。"

"我叫法兰克·舍费尔。"隔壁的人接着说,"这是我第一次真正有机会能够帮忙改变我们城里的暴力行为。"

一个接一个,围成圆圈的人们拿着羽毛发言。

轮到柯尔的妈妈时,她紧张地捏着羽毛。"我叫辛迪·马修斯,是柯尔的妈妈。"她说,"我之所以在这里,是因为我实在不知道该怎么办才好。"她停顿了一下,下唇颤抖着,然后把羽毛交给柯尔。

房间变得异常安静,柯尔的脸在发热。椅子的嘎吱声和鞋子摩擦的声音打破了令人焦虑的寂静。柯尔咳了一下,清清喉咙。很多事情都得靠下面他要说的话了。"我叫柯尔·马修斯,我在这里是因为我真的把事情搞砸了。"他说,"我知道我的行为不对,而且我想让彼得知道我真的很抱歉。"柯尔故意吸吸气,又揉揉鼻子增加效果,"我想请环形会帮我克服暴戾之气。"

柯尔瞥了大家一眼,把羽毛交给他爸爸。他喜欢他见到的反应——人们听到了他们想要听的话。今天晚上聚在这里的人想要相信他很抱歉,他从他们眼中看得出来。

柯尔的爸爸挺起身。"我叫威廉·马修斯。"他很慎重地宣布,"我来这里确定我儿子以后不会再惹麻烦。"他转头看着柯尔,"现在一切都该结束了。"

柯尔不理他爸爸。

接着,纳森尼·布莱伍拿到羽毛。他松松地把羽毛夹在指间(好似那是一根香烟),大声地清了清嗓子,说:"没错,柯尔的行为的确不对,可是孩子就是孩子。想想柯尔到目前为止的拘留,我们认为他应该获得假释,然后交由他父亲或母亲来监督。他需要的是家庭,而不是牢房。"律师把羽毛传下去。

随着羽毛一个个地传递,柯尔一直在注意彼得。那个瘦小的红发男孩始终盯着地板。羽毛传到他手上时,彼得害怕地往上看,嘴里含糊地说:"我叫彼得·锥斯寇,我在这里,是因为我被揍了。"他说得很慢而且虚弱无力,说完后立刻把羽毛传给他妈妈,眼睛同时迅速地瞄了一眼在场的人。

柯尔研究着彼得,他以前讲话不是这个样子。柯尔在裤子上擦擦汗湿的双手。他无意伤害任何一个人。再说,如果彼得嘴巴闭紧的话,这一切都不会发生。

第五章 失控

一通过海湾,柯尔就游得更努力了。海浪没过他头顶的时候,模糊不清的雨把水弄浊了。柯尔停下来休息时,已经上气不接下气。他麻痹的四肢既笨拙又僵硬,就像不属于他的身体似的吃力地移动着。柯尔转头回望。

他丝毫不愿承认他所看到的景象——他还在海湾口。他甩甩头,想把脑中的幻象除去,可是那不是幻象。在划了几千次水之后,他竟然还在原来的位置。这怎么可能?风和浪并不强劲。但即使他用麻痹的四肢奋力划行,他发现自己还是往海岸的方向漂回去。

那一刻,柯尔知道自己犯了一个错误。他的愤怒蒙蔽了理智,以致没有考虑到此刻正在涨潮。他每往前划一次水,一只无形而巨大的手就把他往后推两步。

柯尔一只脚突然抽筋了,接着另一只脚也开始发作。他惊慌地大口喘气,发疯似的拍打水面,奋力往岸上游去。

挣扎无助于移动。不过,他随着涌涨的潮水,以稳定的速度向岸边漂去,他只需要努力让头保持在水面上就行了。当脚撞上岩石时,他并没有停下划水的动作。一次又一次的撞击,让痛楚从脚迅速上蹿,他才不再挣扎,让海浪把身体推送到浅水区。

一个浪扑打下来,海水灌进他嘴里。终于,他靠着手肘,又蹭又爬地经过滑溜的石头,到达草地。他筋疲力尽地躺在那儿发抖,冰冷的脑袋随着心跳的节奏隐隐作痛。

此时,柯尔对时间完全没有了概念,他脑海中闪过的念头是:他没办法站起来。他需要取暖。天快黑了。他知道没有地方取暖,然而他记得火焰。那些火焰去哪儿了?他得去找。

柯尔尝试站起身,可是他很快就摔了下去。他惦记着火焰,再次趴在地上拖着身体前进,双脚像是没有用的锚拖在身后。夜幕低垂,很难在黑暗中辨识出物体,海浪、海岸、树林、海湾……所有东西都像谜团中的一小部分。

柯尔再次休息,直到脑袋不再疼痛。他觉得心里一片空白,仅有的念头是:那里的火焰呢?夜晚很快就来临了,柯尔环视周边黑暗的影子,感受到一份模糊的熟悉。他再次尝试站起身,依旧没有成功。他把身体往前拖动了一下,终于累垮了。

慢慢地,冰冷的感觉消失了。黑暗中,柯尔趴在地上,觉得脚和胸膛刺痛得像着火一般。接着,他察觉到另一种感受,那种感受比手臂和腹部的灼烧感还强,比包围在四周的黑暗更烦扰人心——他意识到自己独自一人,完全的孤独让他恐惧。

柯尔陷入断断续续的睡眠中。醒来时,夜色依旧笼罩着小岛。他第一个感觉就是痛。他的脚趾、手、手肘、胸、脚,全都痛。发生了什么事?他依稀记得放火烧掉日用品和小屋,然后企图游泳逃离,还有在潮水中爬上岸的事。他冷得发抖,奋力地挣扎。接着,他想起皮肤在灼烧。之后,就是一阵该死的孤寂。

柯尔呼吸着寒冷、潮湿的深夜空气。他现在在哪里?空气中闻起来有盐、海草,还有烧焦的味道。然后他又睡了。他再次醒来时,黎明已不知不觉来临了。他举起一只手臂,发现上面覆满了黑色灰烬。他几近赤裸地躺着,正好躺在小屋的灰烬里。

他挣扎着站起来。世界好像歪向了一边,不停地旋转。拂晓的曙光中,大朵大朵的云像雪堆一样积在远处的海平面。微热的余烬沾在柯尔胸膛和脚上磨破的伤口处,手肘与膝盖流的血已经凝固,干燥的嘴巴让他吞咽困难。他身上每一个关节都疼痛不堪。

当柯尔靠着虚弱的双脚摇摇晃晃地站起来时,他注意到一个身影。一个潜伏的身影。他搜索树林以及岸边。一开始,没有什么不一样或者不应该存在的东西。然后,某个又大又白的东西打破了平滑的海岸线。他眯起眼看,那个影像变得清晰起来。

一只熊。一只白熊。

海水的那一边,在海岸顶端靠近海湾口的地方,一只巨大的白熊面对他站着,像雕像一样静止不动。晨曦反射在它耀眼的白皮毛上,闪闪发光。那只熊耐心地站着,鼻子前挺,耳朵警觉着。柯尔一直眨眼睛。这会是艾德温提过的灵熊吗?他是说过它们住在南方几十万米以外的小岛上。除了它们还有可能是什么呢?

柯尔只穿着一条内裤,颤抖着弯腰捡起一块石头。那只熊没有权利如此盯着他。它才不像艾德温说的什么有尊严、自尊及名誉,那只是一只肮脏的动物。即使那只熊离他差不多有五百米远,他还是把石头丢过去,喊道:"你再看,我就宰了你!"

那只熊最让柯尔生气的,就是它站在岸边一动也不动,一点儿也不害怕。它在向他挑战。柯尔看看四周,寻找可当作武器的东西。他注意到余烬里有个箱子露出一截烧焦的刀身。他捡起刀,转身走向灵熊。

它不见了。

柯尔扫视树林,熊的确不见了。他困惑地把刀扔回地上。"再让我看到,你就死定了。"他发誓,"我来教你畏惧我。"

他转身走回余烬处时,另一样发亮的物品吸引了他的目光。不到三米远的地方,躺着葛维给他的那条鲜艳的红蓝色毯子。他叫它什么?婀图吗?它躺在一些高草附近,一点儿也没烧着。柯尔捡起毯子,用疼痛的指头仔细检视。他把婀图丢进火堆的时候没丢准吗?他耸耸肩,把毯子围在肩膀上。淤血的双脚带着他蹒跚地往下走,到之前脱下鞋子和衣服的地方。

柯尔不后悔烧了日用品和住所,也不后悔伤害彼得。这都是别人的错。要不是因为他的父母、彼得,还有那愚蠢的疗伤环形会,他根本不会在这里。会有人为这一切付出代价的。他一定要复仇,尤其是那些希望他坐牢的家伙,比如彼得的女律师。他痛恨她。

柯尔想起第一次在环形会见到她手抓羽毛的模样。她挥舞着羽毛,像是挥舞指挥棒似的直指着柯尔说:"那个男孩很危险,或许下一次他会杀人。这个'环形正义'固然有它的作用,但我反对任何不隔离柯尔·马修斯的计划。"

柯尔不喜欢别人指控他。他讨厌跟一个以前拿来当作拳击练习袋的讨厌鬼同处一室，而且那人还坐在他对面。柯尔也讨厌坐在他父母和他们为他请的律师旁边。这房间又闷又热，他用指甲抠着椅子上的织布。什么臭"环形正义"！环形会里说的每一句话都像在他的怒火上浇油。

有个人说："柯尔得去坐牢，而且要接受心理治疗。他已经无法被信任。""柯尔对我们的孩子以及小区来说是个潜在的威胁。"另一个参加环形会的人说，"我们不能冒险释放他。"

下一个声音让柯尔彻底爆发。他爸爸抓着羽毛，在手指间玩弄着，"我们一直希望给柯尔最好的，他妈妈和我全心为他付出我们的生命，可是他……"

"胡扯！"柯尔突然大吼，即使羽毛不在他手上，"你喝酒喝到烂醉如泥，经常不见人影。全心付出的父母，才不会把孩子鞭打到连衬衫都盖不住淤伤！"

第六章　流放

柯尔走到岸边，把衣服捡起来。它们摸起来又湿又硬。在穿上衣服的同时，他笑了。他没办法不去想环形会的事。他还记得当他叫他爸爸骗子的时候，那群人有多惊讶。团体里的所有目光都集中在他爸爸身上。他涨红着脸，结结巴巴地说："我们一直为柯尔奉献生命。我们……"

"你只在乎你自己！"柯尔打断他，"看看你穿的什么。这里没有其他人……"

"那不是真的！"他爸爸提出抗议，粗暴地抓住柯尔的手臂，可是又放开了。他看着柯尔，用羽毛指着他，"儿子，管好你的嘴巴，不然我就……"

"不然你就怎样？"柯尔奚落他，"揍我吗？"

柯尔的爸爸跳起来。"我没有揍你，你很清楚这一点。"他满脸通红，"你应当受罚的时候，我的确用力拍打过你。"

守护员往前走到圆圈的中央举起手，不过柯尔不理会她。"你还在说谎！"他大吼，"你常常醉到连自己是谁都不知道！"柯尔很清楚这番话会让他下一次与他爸爸独处时讨来一顿毒打，可是他依旧嘻皮笑脸地奚落他爸爸。他不会让"下一次"发生。

一有机会,他会马上逃走。

守护员再度举起手要求维持秩序,柯尔的爸爸却把声音放得更大,"我给你每一……"

纳森尼·布莱伍伸出手强力把柯尔的爸爸拉回位子上。守护员走上前,伸手要拿回羽毛。"麻烦你。"她坚定地说。她的声音以及表情散发出温柔的镇定,但下巴的线条看起来很严厉。

柯尔的爸爸尴尬地交出羽毛。

守护员转身对环形会的成员说:"我们一定要尊重这根羽毛。它象征着对他人以及对我们自己的尊重。"像是交出无价之宝一样,守护员把羽毛小心地拿给柯尔,"你现在可以说话了。"

柯尔努力镇定下来,但是他脸庞发热,声音颤抖:"我们拿羽毛的时候不应该说谎,可是我爸刚刚说谎了。我爸妈没有时间花在我身上,我只会妨碍他们,尤其是他们离婚以后。我跟你们打赌,我爸甚至没办法告诉你们我的生日是哪一天。"柯尔深吸一口气来控制自己,他转向他妈妈,把羽毛放在她的大腿上,"妈,告诉他们,爸喝醉的时候是怎么揍我的。"

柯尔的妈妈掸掸礼服上并不存在的灰尘,犹豫地拿起羽毛。她张开嘴想要说话,却在瞥了一眼她前夫后,眼里再次出现惊恐的神色。她不讲一句话,迅速地把羽毛传给葛维。

葛维握着羽毛,噘起嘴,困惑地看着。"我不知道为什么生活变得这么复杂。"他开始说话,"一些少年犯成为我们最成功的市民,另外一些则挤在我们的监狱里。为什么会这样?"他停顿了一下,"柯尔有他的意志和勇气,不过他也带着满腔的愤怒。所以我们要拿他怎么办？有谁知道什么因素导致他的愤怒？还有，如果同样的事件发生在我们每个人身上，我们会做何反应？"他停顿了很长一段时间，长到让人不舒服。

一阵窃窃私语在柯尔身旁起伏波动。

"说真的……"葛维说着，头先转向彼得，然后看着柯尔，"我不知道该怎么治疗情绪以及生理上的伤害。伤痕是会划得很深的。"葛维刻意注视着坐在那里毫不畏缩的柯尔爸爸。"我只知道，柯尔不是今天晚上这里唯一的问题。他只是一个不知为什么失败、崩溃的家庭和小区的病象。如果我们找不出解决方法，我们同样失败，同样要一起分担这份内疚，同样要付出可怕的代价。"

羽毛传到彼得的律师手上之前，没有人再发言。那个女人直接对柯尔说："我们不清楚所有导致柯尔愤怒的原因，但是我们的确知道他已经失控。任何一个环形会找出来的解决方法，一定得保护社会，让柯尔为他的行为负责才行。"她把羽毛交给彼得的妈妈。

彼得的妈妈也直接转头看着柯尔，"就是因为你，我现在有个儿子，他……"她的声音中断了，"我有个言语以及协调能力出问题的儿子。他晚上常做噩梦，半夜尖叫惊醒。五年、十年，甚至一百年的牢狱都改变不了这个事实。不应该再有其他父母为他们的孩子担惊受怕。不送你去坐牢实在是个大大的错误。"

柯尔紧闭双唇坐着。坐牢的事他听腻了。如果到头来他都还是坐牢，那也许他该走正常的司法程序，而不是听这堆环形会上的蠢话。突然间,他想离开这个地方——只要走廊上没有警卫等着的话。

羽毛传给彼得的时候,柯尔正无精打采地低着头,坐在位子上。彼得用拳头紧紧握住羽毛,低头看着大腿。过了整整一分钟,守护员走过去,温柔地把手放在彼得肩上,说:"彼得,你想告诉我们你觉得怎么做会让事情更好一些吗?"

彼得咬着嘴唇,然后用很费力、模糊的声音说:"我觉得应该有人用力抓着柯尔的头去撞人行道,这样他才知道那是什么感觉。"

彼得的话一说完,现场出现了一些不自在的目光。守护员温柔地从彼得手中取走羽毛,回到圆圈的座位上,她的声音听起来也很紧张。她说:"今天晚上,我们的看法和情绪像是犁过的田地一样,毫不修饰地暴露出来。我们现在更了解我们所面对的难题,也希望找到解决方法。让我们再次站起来手牵手。"守护员以祷告结束了疗伤环形会,距离会议开始的时间已经过了三个小时。

柯尔站起身,不过拒绝牵他父母的手。他挑衅地在胸前抱住手臂,让圆圈断了一个洞。他左边站了一个会把他打到失去感觉的骗子,右边则站着一个盛装打扮、连自己的影子也怕的玩偶。柯尔才不让他们握他的手,也不让他们觉得他们有多卖力。他不会让他们假装爱着他,尤其是他爸爸。

虽然守护员注意到了柯尔的举止,但她没有表示出来。祷告一结束,柯尔的爸妈还有律师马上穿上外套准备离开。警卫进入房间,握住柯尔的手臂,示意他往门的方向走。

柯尔用力抽出手臂,说:"我自己会走。"

警卫迅速地从皮带上拉出手铐,把柯尔的手腕扣在背后。

其他参加环形会的人转身看着。

柯尔大声地问:"这是做什么?"

"这是你选择的。"警卫说。

在他们离开前,葛维站了起来,"你还不买这个环形会的账,对吧,老大?"

柯尔对葛维冷笑,"你现在会读心术了是吧?"

葛维摇头,"事实胜于雄辩。"

"不管怎样,你到底站哪一边?"柯尔说。

柯尔的爸爸站在附近,听到了柯尔的话,说:"儿子,这不是在选边站,这是在学习负责任。"

还没等柯尔回答,葛维就说:"是的,马修斯先生,这是在学习负责任。顺便问一下,你儿子的生日是哪一天?"

柯尔的爸爸急吸一口气,满脸通红,结结巴巴地说:"这个……生日在我们家从来不是什么大事情。我想是七月初某一天吧。"他很快地转身离开。

"你听到他拿羽毛的时候说谎话吗?"柯尔问葛维说。

"他不是唯一的一个。"葛维一边说,一边往门口走。

一想到环形会,柯尔的怒火就再度燃起。如果葛维、艾德温或其他人讨厌的嘴脸出现在岛上,他们最好小心点儿。柯尔用力拍打着蚊子,研究海湾。他逃跑时唯一犯下的错误,就是忘了涨潮这回事。下一次,他会等到退潮。他会利用洋流把自己带离这个不毛之地。

柯尔朝干净的小溪走去。小溪从海湾顶端的树林里流出来,树冠、藤蔓、枯木堆和矮树丛,形成一堵很难穿越的墨绿色植物墙。灵熊是怎样在纠结复杂的森林里像鬼魅一般地移动呢?

柯尔跪在滑溜的岩石上取水喝,直到喉咙不再干涩为止。饥饿感啃噬着他的胃,不过他不予理会。如果需要,他会啃生鱼或者青草。只要可以离开这个岛,他什么都能吃。

柯尔回到废墟,注意到微弱的烟从小土堆里袅袅升起。他用树枝小心地去拨,发现了烧烫的木炭,然后他四处寻找干燥的细枝加到土堆里。他稳定而持续地吹气,不久微弱的火苗就重新燃起。下次他要离开的时候,身体会是暖乎乎的,肚子也会填满食物。

厚重的乌云在远方的海平面聚集,但他的头顶上却艳阳高照。柯尔头往后仰,沉浸在阳光里。葛维说过,这地区一天到晚下雨。他住在明尼苏达州,知道个什么?昨天是下过一些雨,不过现在天气可棒呢!

接下来的几个小时,柯尔坐在岸边研究潮水。只要微风轻轻拂过身后的树枝,他就转过头,以为会再次看到灵熊,但只见到几对灰色的大鸟在树枝间跳跃。他暗自窃笑自己的神经质。他在害怕什么?那只灵熊现在知道附近有人,就不会现身了。它才是那个应该害怕的家伙。

柯尔发现涨潮的时候是正午,一个小时之内潮水就开始消退。他知道潮汐每十二个小时循环一次,也就是说,下次退潮的时候会是今天深夜,再下一次就是明天的这个时间。柯尔不甘心地承认,明天离开会比较好。他不想在晚上游泳。

他几乎可以想象葛维和艾德温回来发现他不见踪影,每样东西又都烧得精光时的表情。他爸爸的表情应该也会很精彩。"爸,你要怎么办呢?"柯尔大声问,好似他爸爸就坐在身边的石头上,"你要去告谁呢?你能揍谁呢?"

柯尔知道他爸爸最痛恨的,就是这个儿子不是某个用法律诉讼或者烈酒就可以收拾解决的东西,所以他只能一次比一次更用力地揍柯尔,不过那也没有用。柯尔记得,有一次他不听爸爸的话,出门晚归。在他被抽到皮开肉绽时,爸爸停顿了一下,用骨节粗大的手四处甩动皮带。柯尔恐惧地看着他。"你以为生命是场游戏!你以为你主导一切!你以为我是个大笑话!"他爸爸一边大吼一边又开始抽打,但这次改用金属扣环那一端。

柯尔一次又一次地尖叫:"不要打了!不要打了!对不起,我晚回家。我会听话!拜托你,爸,不要打了!生命不是游戏!拜托你别打了!"

在柯尔尖叫的同时,他爸爸继续抽打他。那天晚上,柯尔的妈妈第一次站出来帮他说话。她来到走廊上,手里拿着酒,说:"亲爱的,你把他弄痛了。"

柯尔的爸爸转身面向她,"管好你自己的事,否则小心我的皮带!"

柯尔的妈妈退避下楼,不过爸爸的鞭子停下来不挥了。

柯尔站起来伸伸懒腰。被关三个月后,到岛上来好像是个不错的主意,然而现在看起来却是个笨主意。都是葛维的错。当开第五次环形会时,柯尔已经对所有关于坐牢的话题感到心灰意冷,他终于恳求环形会的成员说:"为什么我说我很抱歉,不会再伤害任何人时,你们就是不肯相信我呢?"彼得的律师要求拿羽毛。"你这一辈子都在说谎、操控他人,还努力逃避不承担后果,"她说,"完全看不出你的内心已经真正改变。"

"很好,那就把我解决掉吧。"柯尔说,"把我送到一个你看不到、我也伤害不到任何人的地方去吧。"

葛维说:"柯尔这点想法不错。或许,除了监狱之外是有个这样的地方。"

"不管他去哪里,都会有人受他威胁。"彼得的妈妈说,"我们又不能把他送到北极圈去。"

葛维的脸灵光一闪地亮了起来,他要求拿羽毛,说:"我是特林基特原住民,在阿拉斯加州东南边长大。我可以做一些安排,把柯尔流放到加拿大不列颠哥伦比亚省内湾航道上的偏僻小岛。这是当地原住民实行了几百年的做法。柯尔可以探索、追寻各种不同的世界,长期一个人面对自我,面对他内在的愤恨的灵魂。"

"会有人陪他吗?"守护员问。

"没有。"葛维摇摇头,"偶尔会有长老去看看他的情况。完全孤立是让放逐发挥作用的关键。它让违法者经历很长一段时间没有朋友、毒品、酒精和其他让他们惹上麻烦的外在影响。那是思考的时间。"

"时间持续多久?"坦纳法官问,他的话既尖锐又带着怀疑。

"大概一年吧。"

彼得的妈妈示意要拿羽毛,"好,我们假设柯尔被判在某个岛上生活一年。如果一年过后,他没有改变会怎样?他会被释放,然后再去伤害别人的孩子吗?"

葛维摇摇头,"流放不是判决,那只是给柯尔一段实践诺言的时间。关于'改变'这回事,不是嘴巴说说就好。可是如果把他关起来的话,他又有什么机会来证明他的改变呢?量刑会推迟到柯尔流放结束之后。到时候,我们这些环形会的成员可以重新评估他,然后判断他是否实践了他的诺言,判断是否还需要量刑。"

"你觉得这个主意怎么样?"守护员问柯尔。

柯尔耸耸肩,"我大部分的时间都在外头晃荡,有办法照顾我自己。"他转向葛维,"不过我在某个岛上过完一年后,最后还要去坐牢吗?"

"那得看你自己了。"葛维说,"你一直要求机会证明你已经改变了。如果你确实改变,就没什么好担心的。"

柯尔努力不在脸上显露情绪,可是他非常担心。

突然间,每个人都要求拿羽毛。羽毛迅速地在圆圈里传递,意见和疑问纷纷丢出来。那一晚在守护员结束祷告之前，每个人都同意让葛维去研究这个计划，看看是否真的能够实现。

开完会后，葛维把柯尔叫到一边，说："你知道流放比待在任何一个监狱都还要辛苦，对吧？"

"你的重点是？"柯尔问。

"如果你去坐牢，我不会对你的未来赌上一毛钱。"

"在某个岛上住一阵子，又有什么难的？"

葛维故弄玄虚地笑着，"你去试试看。试试操控一场暴风雨或者对你自己的饥饿说谎。试试骗自己不冷的感觉。"

第七章 是吃还是死？

柯尔在地上找不到足够的干柴，所以直接从低矮的树上折下一些树枝放到火里。火焰冒出浓烟，熏得他眼睛刺痛。不过这些烟至少可以赶走那一大群嗜血的蚊子。

在他为夜晚收集更多木柴的时候，柯尔瞥见草地上葛维的毯子。如果冷的话，那条婀图今晚倒是可以派上用场。柯尔很满意自己收集了一堆干柴。他靠近冒着烟、噼啪作响的火堆坐下来，往海湾的方向凝视。

突然间，黑色与白色的闪光划开水面。柯尔认出那是一条虎鲸闪闪发光，像船龙骨的鳍。那条母鲸正引领小鲸沿着海岸找寻食物。两条鲸不断升到水面来呼吸，呼吸孔的喷气声打破了寂静的大地。

柯尔不理会虎鲸，继续照顾柴火。他看着浓浓的白烟像条扭曲的丝带往上飘，消散在空中。他双颊紧绷，隐隐的怒气让他的眼神变得呆滞。他从来没有这么疲倦过。他双手紧握，闭上眼睛，头前后摇动，试图压制心里的怒气。他想要清醒地思考。他需要清醒地思考。

柯尔再度睁开眼睛的时候，他的呼吸停住了。

那只灵熊又出现了。

就在水边，距离他不到一百米的地方。那只灵熊以无惧、顺从的目光看着他。

"你这只蛆！"柯尔跳起来大叫，"我宰了你！"

柯尔搜索地面，找到那支烧焦的刀身。他需要的不只是一把刀。他转过身不理会那只熊，往树林方向走。他想要找根又细又直的树枝来做矛。他在寻找的时候，小心地避开那些有刺的魔棒树。

找到理想的树枝后，柯尔用刀把它裁下来，削尖尾端。他把矛拿在手中目测，满意地点点头，接着回到柴火边，把矛靠着一棵树放着。灵熊再度消失，不过没关系。如果它敢再把丑陋的脸亮出来，它就完了！

那天剩下的时间柯尔都在靠近柴火的地方活动，添些含水分的木头到火堆里，利用烟雾驱赶蚊子。到了傍晚，他的眼睛刺痛不已，烦躁地搔着蚊子叮咬的十几处肿大的包。他饿到胃打结，不过他不理会，反而徒步到溪边，把肚子灌饱。他把刀以及矛放在身边。天慢慢暗下来，灵熊并没有再现身。柯尔从云杉上砍下一些大树枝，在火边做了个床垫。他缩成一团，盖着婀图，以蜷曲成像胎儿一样的姿势取暖。这一天过得还算轻松。在这个岛上求生存是件再容易不过的事了，尤其如果有日用品在身边的话。

柯尔翻身仰卧，凝视天际。星星像是冻结不动的烟火，在头上闪烁。

海湾外北极光形成的幕帘在北斗七星下狂野地舞动。柯尔转头看着林中那片黑暗，那就跟他内心的感觉一样——空虚。一丝美感也没有。混乱的思绪在他内心翻搅了两个小时之后，他才焦躁不安又痛苦地睡去。

夜里，柯尔因为树林深处奇怪的声响而醒来。海湾中出现响亮的溅水声。他坐起身再为火堆补柴。柴火越烧越旺，他再次集中思绪思考逃跑的事。

这一次他的脱逃计划大大不同。他准备在正午时候离开，也就是在涨潮后立刻出发。出了海湾，退去的潮水会把他冲离小岛。然后，他要去下一个岛就简单多了。柯尔一边计划着逃跑的过程，一边又睡着了。

他再度醒来时，睁开双眼见到的是一片诡异的寂静，好似天空屏住了呼吸一样，平时充斥在夜晚空气里的微小声响也静了下来。柯尔坐起来，盯着一片漆黑的树林看。那是灵熊在他看不见的阴影处觅食吗？

"你这只臭狗！"柯尔对着黑夜大叫。

黑夜依旧寂静。

柯尔躺回原处，把婀图拉起，紧紧裹住脖子。他调整了一根戳着他背部的云杉枝，却无法再入梦。随着黎明来临，暗黑的天空转白，接着云层密布开始下毛毛雨。

柯尔不太灵活地爬起来。因为睡眠不足，他四肢都僵硬了。早晨清凉的空气唤醒了他的感觉，他的胃肠饿到打了一个紧紧的结——他需要食物。今天游泳需要能量，不过他首先得把烧得只剩下热木炭的火生起来。

柯尔一边收集可以引火的东西,一边摆手跺脚来暖身。他跪下来对着余烬吹气。渐渐地,烟雾袅袅升起。他添入更多木柴,慢慢把烟变成火,然后去寻找食物。

他发现走在海边如海绵般轻软的草上,比走在水边滑溜的石头上要容易得多。他一手拿矛,一手拿着烧焦的刀身。抵达海湾口时,他发现三只海鸥正在石头上啄食一条已吃剩一半的鱼。

他大叫着,挥动双臂朝海鸥冲过去,直到那些趾高气扬的动物嘎嘎叫着飞向天空。海鸥在柯尔头顶盘旋,抱怨着,但他依旧拾起剩下的鱼——前半部分已经被吃得一干二净了。柯尔看看四周有没有灵熊的踪影。没有。他拿起自己的猎物,眼睛依然看着树林。海鸥已经把鱼撕咬得乱七八糟,不过大块粉红色的鱼肉还连在骨头上。

那尝起来肯定和烤肉架上的汉堡肉味道不同,反正这里也不是明尼苏达州的明尼阿波利斯市,柯尔朝营地走回去时这么想着。他一边走,一边把鱼身上的内脏和泥土挑掉。这一餐可以供给他逃跑时所需的能量。

回到营地后,柯尔把矛戳进鱼的胸腔,放到热气腾腾的火苗上转动。肉一焦,柯尔就大块大块地扯下来吃掉。他狼吞虎咽,一直吃到肚子鼓了起来,然后走到溪边喝水。回来后,他从鱼骨上又挑了许多肉。柯尔下次再吃东西,可能要好一阵子以后了。

持续的毛毛雨变大了,柯尔希望太阳再次出现。他用婀图紧紧裹住肩膀,绕着柴火移动以避开飘散的烟气。他加了一些树枝让摇晃渐熄的火再烧旺起来。他注视着大雨倾泻在海湾冰冷、青灰色的水面上。

如果柯尔能等天气放晴再走就好了,可是他没办法,因为那个时候艾德温和葛维会来看他。柯尔往火边爬近了些。他已经在这个岛上待了整整一晚了。他要今天离开,而且他要暖暖地、吃得饱饱地离开。

厚重的云层让他很难判断时间。柯尔猜想:距离潮水涨得最高的时候也许还有三四个小时。他已经能看到水面往上升了。他滚了一个大石头到冒烟的火堆旁当椅子。持续不断的大雨让火噼啪作响,也让阵阵烟气带着香香的焦味。柯尔把婀图拧出水来,再放回肩膀上。至少,现在蚊子都不见了。

当柯尔再次抬头检查海湾里潮水的高度时,他难以置信地把眼睛眨了又眨。灵熊就站在溪流入海湾的地方。那只庞大的白色动物看起来像是冻结在海岸线上,如同它巨掌下的石头一样静止不动。它看着柯尔。

柯尔一只手拾起临时做的矛,另一只手拿着小刀。他的目光锁定那只大动物,沿着岸边朝它奔过去。这一次,灵熊没办法演出凭空消失的戏法了,它得拔腿逃跑。可是,它依旧待在那儿,雨水从它纠成一团的毛上滴落。

柯尔接近的时候,减缓了速度。此刻,那只熊应该随时会转身逃掉。柯尔把矛举高,以防它逃走。

那只熊没有逃离,反而换了个姿势,直接面向柯尔。它等待着,头低垂着。柯尔犹豫了一下,继续慢慢前进。他不明白为什么那只熊那么坚持。它一定是在虚张声势,它肯定会转身跑走。再不跑,它就没命了。他要宰了它。那个傻瓜难道不知道吗?

"给我闪到一边去!"柯尔抱怨着,在距离灵熊不到十五米的地方停下来。

那只熊深深地吸气,不过没有移动。

柯尔收回矛,犹豫地往身后瞥了一眼。没有人看着他。他可以轻易地从这只熊面前退开,世界上没有人会知道。柯尔紧紧握着矛,用力到连指关节都隐隐作痛。一辈子的伤痛、一辈子想要证明自己的想法和一辈子的愤怒,现在控制着他的肌肉。他再次慢慢往前移动。

距离灵熊大概不到六米的地方,柯尔又停了下来。灵熊从它湿润的黑色鼻子中呼出的气息,形成阵阵微小的云雾。雨滴在它浓密的白毛上形成水珠,滴下来流成迷你的溪流。灵熊依旧平静地等待着,和树木、鹅卵石一样成为风景的一部分,一寸也不退让。

灵熊静止不动,让柯尔找到了勇气。它一定在害怕。不然它为什么站着不攻击?柯尔心中的怒火点燃了。他知道无论如何他的生命在紧要关头上,可是他身上没有一个细胞允许他退开。如果那只熊不转身逃跑,那么他只有一个选择。"你死定了。"柯尔低声说。

他说话的同时,开始前进,手中紧握刀子,把矛瞄准灵熊宽阔的白色胸膛。

第八章　独自一人

　　柯尔前进到离灵熊不到三米处。他开始采取行动,用尽全力掷出矛,打算置它于死地。

　　一个模糊的白影随即扑过来,使得矛失去准头,掉到草地上。灵熊站在他面前,在它用有力的一掌把他打倒之前,柯尔根本没有时间举刀。柯尔匍匐在地上。在他滚开之前,那只熊又来了个压倒性的一掌,把他的脸推到土里,他的下巴撞到了石头。

　　柯尔滚开,急忙爬起来跑向树林,可是没有用,那只熊再次来到面前,把他拖住。它的呼吸恶臭难闻。柯尔左手紧握小刀,右手抓着某根魔棒树的长茎——任何可以把他从灵熊的爪子底下拉开的东西都好。他每抓一次,上百根细小的刺就扎进他的手指头。

　　当灵熊把牙齿戳进他大腿,把他像个布娃娃般抬起来时,他根本无暇理会那些刺。柯尔的胃剧烈地翻腾着。他疯狂地挥动刀子,他每刺中灵熊一次,它那强而有力的嘴便会咬得更用力。柯尔觉得自己的骨盆碎了。他的身体变得虚弱,刀子从手中滑落。

　　灵熊把他丢到地上,好似扫落叶般击打着他的胸部。灵熊每用力拍击一下,它锐利的爪子就多撕裂他的身体一次。柯尔举起右臂抵挡攻击时,灵熊咬住了他的前臂。之后,每件事都像慢动作发生似的。

他感觉自己的身体前后摇晃。那只熊正咬着他的手臂晃动他。柯尔用拳头猛地捶打灵熊的脸,仍然阻止不了它野蛮的攻击。他绝望地抓住熊的脖子,想把手臂从它紧咬的嘴里拔出来,结果只拔出了满手的白毛。柯尔听见他的前臂发出了很大的骨头碎裂声,接着那只熊低哼了一声将他丢下。

柯尔蜷缩在地上,疼痛感刺穿了他的肩膀,他的右臂完全失去了知觉。当那只熊再次转身走向他时,柯尔尖叫:"不要!不要再来了!"不过,他的话变成了一阵阵粗哑的呻吟。他虚弱地瘫在那里。

灵熊像是结束攻击似的,把巨大的爪子放在柯尔的胸膛上,用力地压了一下。空气从柯尔的肺部爆出来,他的肋骨折断了。

柯尔把嘴张得大大地喘气,却上气不接下气。灵熊高高地站在他上方,恶臭难闻的呼吸气味扑鼻而来。柯尔挣扎着移动手臂、脚和任何能逃离这个白色怪物的部位,可是身体却不听使唤。锥心的痛楚一阵一阵地淹没他。他每次喘气,疼痛感就会紧抓他的胸膛,浓浓的血腥味更充满了他的嘴。

寒冷的雨中,那只熊停留的时间好似无止境般的漫长。最后,它终于深吸一口气,抬起巨大的头,若无其事地走到一旁。它懒散地拖着脚步,转身沿着岸边漫步而去。

整个世界静止了很久很久。柯尔喘息着,企图滚到旁边,可是强烈的疼痛感折磨着他的臀部与胸口。当空气逐渐渗回肺里后,他使劲想举起右臂,但手臂却像断裂的青草一样不肯移动。他身上唯一能够动的地方是左臂及头。

连续不断的雨弄得他脸颊发痒,雨水跟他嘴里的血混在一起,染红了地面。柯尔闭起双眼。他要死了吗?每一个动作、每一次呼吸都折磨着他。他被渗进喉咙的血呛着了。一咳嗽,他的胸腔就会撕裂般地疼痛。他的胃剧烈翻搅着,全世界好像在瞬间一片漆黑。柯尔决定不再咳嗽了,否则他会被呛死。

他往上瞧,发现自己躺在一棵树下,可以看到海湾全景。凹凸不平的地面将他刺痛。距他不到三米远的地方,海鸥趾高气扬地嘎嘎叫着走来走去,拍动它们皮包骨的翅膀,在草地里捡拾某种东西。

柯尔向下看着自己的胸腔——熊爪几乎把自己撕裂了,又深又长的伤口从撕碎的衬衫里露出来,一条条的肉不见了。一只海鸥从另一只那儿偷走一整条皮肉时得意地嘎嘎叫着。柯尔意识到,这些海鸥抢夺的正是他被扯掉的血肉。

他试图朝它们叫喊挥赶,不过他能做的只是软绵绵地挥动左手。他从喉咙深处发出了一声模糊、生气的呻吟,海鸥退避了几步,然后又回来草间叼食。柯尔生气地想要啐他们口水,血红的黏液沿着他的脸颊流下,滴在肩膀上。

柯尔舔了舔他麻木的双唇,却痛得不得不停下来。灵熊把他一巴掌打到地上时,他咬到舌头了。他看着海鸥一只接着一只飞到空中,盘旋在海湾上空,找寻更好的食物。

柯尔怒视着它们。那些贪吃的海鸥已经无耻地吃了从他胸口撕下来的肉块,现在又要吃别的东西——一条鲱鱼或者一只蛤蜊。

真走运,柯尔想,跟一只不知道要逃跑的笨熊在一起,死在一个岛上。而这些海鸥呢?希望它们被噎死。真是没大脑的笨蛋,还跟吃鱼一样吃掉他被撕下来的肉!它们像对待其他动物一样对待他。柯尔想要大叫:"喂!看着我!我是柯尔·马修斯!我比你们优秀!"不过他只能发出呻吟。他想:要是手边有枪就好了。

海湾上空传来海鸥的嘎嘎声,听来像是低沉的笑声。柯尔想:它们在嘲笑我。他希望自己没有来到这个岛上。可是,他在这里。没有人能够改变这个事实。他被困在一个偏僻的岛上,独自一个人,被一只白色凶恶的熊攻击,快要没命了。

柯尔想办法恢复理智。以前,每样东西都怕他。为什么这只熊不怕?只要有脑子的熊都会转身夹着尾巴逃跑,这只蠢动物反而攻击他。现在它在树林里某个地方闲晃,那阵撕扯只不过是它今天早上的一点小活动罢了。柯尔往下望,看见小刀躺在他旁边,刀尖沾着灵熊的血让他很满足。他痛苦扭曲地举起左手把嘴唇上的血擦去。他看见自己手心紧紧抓着从熊身上扯下来的一撮纠结的白毛。看到这些毛,他开始发抖。

柯尔缩回手臂,打算丢开这撮让他忆起惨痛经历的东西。不过,转念一想,他停了下来,努力把手移到旁边,把毛塞进裤子口袋里。如果他能活下来的话,他就有个东西可以吹嘘了。他能够证明自己跟一只熊打过架。这撮毛给了柯尔一种力量。不会有熊愿意放弃一大撮毛的。

柯尔挣扎着从凹凸不平的地面起身,可是僵硬的身子让他的关节像是变硬的水泥一样动弹不得。他没办法翻身。如果他可以用两只手臂就好了。他挣扎着抬起头,好好看了看自己的右臂——它血肉模糊,无用地待着。柯尔看着右臂上被撕开的衬衫以及被撕碎的肉屑。靠近手肘的地方一根血淋淋的白骨伸了出来,像根断掉的树枝。他的手指看来很不自然,苍白且因抓过魔棒树而肿大,每根都朝着不正确的方向。他手臂传来的唯一知觉是从手臂到肩膀的一阵阵灼热抽痛。

手臂的样子吓坏他了,他深吸一口气,痛楚再一次刺痛他的胸口,警告他。他改用平浅而短促的呼吸,经由嘴吸进空气,就像从吸管啜饮一样。

柯尔痛苦挣扎着想抬起右膝,却丝毫使不上力。灵熊的利齿让他的脚一点儿作用也没有。他放松颈部喘了口气,汗水刺痛了他的眼睛。

天依旧下着雨。冰冷的雨,把每一样东西都淋得湿透。一阵微风吹过头上的树枝。柯尔的目光漫无目的地在周围游移着。所有的空气、树、动物、水、雨,都好像是某个更大东西的一部分,它们和谐地一起动作——低垂着,流动着,扭曲着,呼吸着,好似融合在一起。但是,柯尔觉得孤单,自己仿佛被摒除在外。湿透的衣服让他冷到骨子里。坚硬的地面顶着他受伤的身体,就像一只大手把他推开一样。

不对,柯尔想,他不属于这个地方。他不应该在这里。他并没有选择独自一个人在遥远的岛上,动弹不得地躺着等死。这个地方比任何监狱都能把他牢牢关住。在这里,他软弱无力,没有办法保持温暖或者找到食物。他应该属于安全又温暖的地方,在那里他可以穿着脏衣服睡觉吃饭又不管世事,应该属于有人担心他的地方,应该属于他可以来主导一切的地方。那样的地方才是他的地方。

挥散不去的念头刺探着柯尔的心。夜晚迟早要来,随之而来的是更多的雨水以及寒冷。当他的身体把最后一丝温暖也释放后,会发生什么事?死亡是什么样子?会痛吗?会像天上的闪电或者灵熊的一击那么快吗?死亡会像讨厌的海鸥在四周鬼鬼祟祟地想要抢走腐烂尸体上的肉块一样,从身体里夺走生命吗?还是生命就像微弱的烛火闪烁摇晃地熄灭呢?

这些念头慢慢地引着他想到一个更糟的可能性——万一死亡不是很快就降临呢?当他没有办法反击的时候,海鸥会不会停在他身上一口一口地啄食他微温的身体呢?那只熊在哪里?

阵阵疼痛折磨着柯尔的躯体。每回令人难以忍受的痛苦袭来,他就咬住嘴唇呜咽着,努力不叫出声。他这一辈子都被无助的噩梦缠绕着。有时候,他梦见拳头像大冰雹一样打在他身上。有时候,梦境更糟,他一个人孤孤单单,没有人关心他。而现在,他就活在最糟糕的噩梦里。柯尔把头转到另一边,看见一只毛毛虫慢慢爬过一根腐烂的树枝。他伸出手指压烂它,谁让它爬那么近。

血液的甜腥味不断渗入柯尔嘴里,他不得不吞下去。他的胃紧缩了起来。他抽搐着伸出左手去擦拭嘴巴,然后瞪着指关节上闪闪发亮的红渍。这让他想起刀上的熊血。那看起来跟他揍完彼得以后,在人行道上看到的血很像。血看起来都一样。这个念头闪过他脑子,可是没有产生任何意义。血也许看起来都一样,不过彼得是个失败者,也是个蠢蛋。柯尔将手放回草地上。他想:那只熊是个又笨又肥的白痴。

柯尔的胃翻搅收缩得更厉害了,酸腐胆汁的味道刺痛他的喉咙。他不敢吐,可是那股冲动像货运列车般袭来,而他就是无法离开轨道。突然,他抽搐,呕吐了,疼痛立刻袭击他的胸口,整个世界都在旋转摇晃。柯尔一次又一次地抽筋,他把头转向侧边以免呛到。他试着不呕吐,可是没有办法。黑色的斑点在他的视野里跳动着,然后他失去了意识。

几个小时后,柯尔虚弱而困惑地醒来。思绪在他上方飘动,像是静不下来的气流。呕吐物的恶臭以及腐烂海草的咸味飘荡在空气中。头顶上一片叶子慢动作式地落下来,好像从外层空间来的一样。

柯尔强迫自己把头转到侧边,努力想集中目光。呕吐出来的东西盖住了旁边的地面,他看到了自己吃掉的鱼肉。更远处,他看到晦暗无光、雨气朦胧的海湾。

柯尔咒骂着石头、雨水,以及无边无际的海洋。他干吗来这里呢？在牢里，他至少会安全舒服些，他会掌控一些事情。在这儿，他软弱无力，没有人让他控制，没有人让他责怪。每件事情都跟他作对，甚至还伤害他。

一阵痛苦的孤独感扫过柯尔，眼泪模糊了他的视线。在这里，他好渺小，被丢在一个偏僻的海岸边呕吐，无助地等死。这就是世界解决他的方法吗？

第九章　暴风雨

持续不断的雨水和乌云笼罩的天空掩饰着时间的流逝，把柯尔留在一条残酷扭曲的时间隧道，等待他的也许只有终点。他努力不去想那个终点，可是他没有办法忽视从伤口传来的令人发狂的痛苦。

雨继续下着，阵阵强风把寒气逼进他体内，穿过他的意志，渗入他的意识，淹没他的灵魂。这场雨完完全全想要他的命。

柯尔的体力逐渐流失。他向上看着巨大的云杉，绝望的泪水涌上来，挣出他的眼皮。风一阵比一阵更强了。

如果他死了，还有什么事情是要紧的呢？没有人关心他，所以他何必在乎自己？柯尔的目光飘到了树枝间，他注意到有个小鸟巢藏在两根枝杈间，由于位置接近树干，所以不怕风吹雨淋。柯尔看到一只麻雀停在巢里，慌张地四处动来动去，然后飞走，不久又回来了。

每次麻雀回来，嘴里都会叼着一只昆虫，并引出一阵微弱的啁啾声。柯尔眯缝着眼，看到有小小的头伸出巢外。那是一只母鸟在喂食小鸟。在树枝上，几乎就在他啐一口口水就溅得到的地方，小麻雀干燥而温暖地待在它妈妈筑好的窝里，舒舒服服地等着食物送上门。

幸福的麻雀宝宝惹恼了柯尔。要是没受伤的话,他就能够轻易地爬上去把鸟巢打下来。那些笨鸟活该!

母鸟喂食之后,轻轻飞到靠近巢边的一根树枝上,竖起翅膀和胸口的羽毛,注意着小鸟。看到这只鸟,柯尔开始咒骂起他悲惨又乱七八糟的生活里的每一秒钟。如果他是那只母鸟,他会丢下那些宝宝不管,让它们自己养活自己,他又没有亏欠它们什么。

这就是柯尔的感受——他没有亏欠任何人。没有人关心过他,那为什么他得关心别人?要不是因为其他人,还有他们不靠谱儿的意见,他才不会待在这个岛上,还受了伤。柯尔心里的痛苦又一次摇摇晃晃地燃烧开来。他的怒气帮助他集中精神思考,却没办法止住严寒的细雨和酷刑似的疼痛。同样,怒气也挡不住寂寞。

拉扯着柯尔破碎衣服的风似乎渐渐远去。当他注意力慢慢飘散,感觉渐渐迟钝的时候,雨水也让他的脸失去了感觉。柯尔茫然地瞪着西方地平线处薄薄的一层银灰蓝色的天空,筋疲力尽的他终于又沉沉睡去。

不知不觉,他梦见那条彩色的婀图。他的左手抽动着,假想自己拉起婀图盖在冻僵的身体上。那条想象中的毯子为柯尔抵挡寒冷,就如同它保护在他之前的世世代代一样。在这条想象中的毯子底下,他睡得很安稳。

响亮的隆隆声把柯尔从睡梦中吵醒。一开始他以为自己眼睛瞎了,然后才慢慢意识到原来已经是晚上了。风停了,不过冰冷的雨还是不停地从天上某个无尽的水库落下。接着,一道令人睁不开眼的闪电照亮了地平线。几秒钟后,低沉的隆隆声在头上作响,接着又是一道闪电。

柯尔意识到梦中的婀图并没有盖在他身上,而且他感觉到某样东西出现了。他睁大眼睛盯着暗黑的夜,不过什么也没看到。接着,闪电又带着激烈的爆裂声一闪而过,这一次更接近了。就在那一瞬间,柯尔看见了不到十五米之外,那只鬼魅似的、巨大的灵熊一动也不动地站在雨中。

然后夜又变黑了。

柯尔恐慌地等待着,眼睛盯着漆黑的夜。那只熊是回来杀他吗?在等待的时候,暴风雨更大了。风速变强,猛烈地吹着他。大雨倾盆而下,雷声隆隆响彻天际,有如炮管朝着地平线作吼。下一道闪电照亮海湾的时候,柯尔发狂地搜寻着灵熊的踪影。

没有!不见了!灵熊再次消失了。

柯尔的表情扭曲。他痛恨这只熊。真是个胆小鬼!竟然要等到他变得这么虚弱、不能反击的时候,再来解决他。一阵狂风拍打着他的身体,柯尔呻吟着。那只熊会就这么杀了他,把他留给海鸥,还是会吃了他?

闪电更近了,如同修长的手从空中戳刺而下,隆隆的闷雷噼里啪啦地爆裂开来。柯尔企图团成球状保护自己,可是疼痛刺着他的胸口、肺部和臀部,他大声叫:"救命!谁来救救我!"但黑夜和狂风盖过了他的声音。此刻,闪电不停地闪着,天空亮了好几秒钟,雷声也持续地怒吼着。树木随着风势摇晃弯曲,白浪在海湾里翻涌着。

柯尔用力闭紧双眼抵挡刺痛的雨势。突然,好似蚂蚁爬满全身的刺痛感笼罩着他。一道剧烈的闪电击下,震耳欲聋的爆炸声在耳边响起。正当狂风暴雨撞击地面、撼动大地之时,树枝的碎片如雨水般落下,接着出现一阵寂静,好似刚才的撞击让天空停顿了下来。风和雨都暂停了,而一股像是烧焦金属线的刺鼻味道弥漫在空气中。

柯尔害怕得无法动弹。一股巨大的力量攻击着大地,相比之下灵熊的攻击似乎温和多了。"不要再来了!不要再来了!"他呻吟着,"拜托,不要再来了!"

但是,一切还未结束,暴风雨继续肆虐。柯尔颤抖地躺着,眼神慌乱。方才的爆炸把他的心惊醒了。他这辈子从来不曾暴露在如此的危险中,他觉得自己如此容易受伤,如此无助。他完全没有控制权。对这场暴风雨而言,他就像树叶一样无关紧要。柯尔眨着眼睛,惊愕地领悟到原来他一直都这么软弱,他怎么会认为自己能真正掌控一切呢?

电线灼烧般的气味混合着地上呕吐物的酸味,刺激着他的鼻子。暴风雨持续侵袭着天空及大地,他努力压抑不再呕吐。

终于,风不再发怒,雨也下完了。雷声渐渐消退,在空中闷响,找寻别处前进。柯尔吞下喉咙里的一口胆汁,倾听头顶的隆隆声,然后再次失去意识。

柯尔再次醒来的时候,雨已经停了。他模糊地辨认出那棵大云杉倒在离他只有数十厘米的地面上。他努力拼凑出暴风雨来袭时究竟发生了什么——闪电击中了那棵树。那噼里啪啦的声响、震天动地的撞击、像阵雨般落在他身上的碎裂树枝等,全都发生在那棵大树轰然倒地的时候。

柯尔凝视着夜晚的天空,明亮的满月像鬼魅似的在破碎的云中游走。被扰乱的气流已经平静下来。柯尔感到极为虚弱。为了生存而奋斗,他可以在这里再多待一些时间。如果他选择放弃,可能很快就会越过那条生死线。他想往哪一条路去?他咬紧牙关抵挡疼痛与绝望。他想要往哪一条路去?

柯尔把模糊的视野聚焦在满月上,这有助于他把重心维持在身体一侧。他看着看着,对月亮的形状感到迷惑。那个朦胧的形状里有某样东西是有意义的。艾德温说过有关圆形的某件事。葛维也是。他们说了什么?柯尔不记得了,不过他一直凝视着月亮。

过了一会儿,柯尔把头摆向另一侧。他辨认出海湾,看见月光被反射到海岸的另一边。海岸线没入树林里的暗黑阴影中。柯尔没发现灵熊,又重新观察起身边这棵倒塌的树。

就在这时,他想起麻雀宝宝。他努力想认出在掉落、扭曲的树枝间,它们现在可能的位置。他用力眯起眼,可是只看到漆黑一片。那些鸟宝宝们怎么样了?

他用上所有力量抬起头,用虚弱而痛苦的声音对着漆黑的树枝堆叫着:"你们还好吗?"

第十章　柯尔的选择

柯尔躺在那儿担心麻雀的时候,痛楚如海浪般在他体内来回奔腾。他仿佛失足落入无边的黑暗,努力眨着眼顽强地紧抓住生命不放。他持续眨了好几个小时的眼睛。不过在黎明到来之前,保持意识清醒似乎没那么重要了。他待在生存的边缘,脱离真实的世界,虚无地被风吹动着。有关麻雀的思绪早已消失得无影无踪。

当日光穿过厚重的雾幕时,新的痛楚出现了,而且糟到令他无法忽视。他下半身的器官沉甸甸的。他要上厕所,但他强忍着,表情痛苦。他没有办法爬离自己的排泄物。疼痛越来越剧烈,柯尔发出了一声低沉的哀号。他没有办法再忍受了。

当排泄物从身体里解放出来时,阵阵恶臭扑鼻而来,柯尔深深地感到痛苦和丢脸。他晃动着头和手臂驱赶簇拥在他附近的蚊子,不过它们马上又飞了回来。最后,他放弃了,彻底的绝望战胜了他。他觉得自己像是一个无助的娃娃,无法从自己的脏东西里滚开。他想要怨恨某个人,想为目前的情况对每件事情及每个人生气。不过生气是要花力气的,柯尔再也没有精力了。

太阳爬上枝头后,黑色的马蝇开始攻击他。柯尔非但无法驱赶它们,还得忍受它们的叮咬。他绝望地移开目光,看着身旁倒塌的树木。一根三米长的树干还直立着,碎裂的顶端(也就是闪电击中的地方)焦黑一片。一股股的烟还在袅袅上升。树干旁散落着一堆断掉的木头。

柯尔看着鸟儿在掉落的树枝上轻跳,吃着昆虫。对它们而言,暴风雨已经结束了,它们继续生活。树木倒塌是再自然不过的事,就像一天过了又一天一样。柯尔挣扎着要集中精神注意那些鸟,在那些树枝里曾有过一些重要的东西。他的目光从草地一直游移到碎裂的树枝和压坏的树干。在那堆混乱的东西里,什么是重要的?他看到有堆三米左右、如拳头大小的咖啡色细树枝。

那个巢。

就是它!那就是他一直在找的东西。某种跟那个巢有关的东西很重要。不过,是什么呢?

他找到它们了。

先是一只,然后两只,接着是三只、四只。四只没有生命的麻雀宝宝从巢里被抛出来,散在附近的草丛中。缠在一起的绒毛盖在扭曲的小尸体上。有两只张着大大的黄色鸟嘴,像是在找食物一样。另外两只面向鸟巢,脖子抻了出来。即使死了,那些麻雀还是努力向着自己的巢。它们想回到自己安全的家。

柯尔嫉妒那些死麻雀。他从来没有真正认识什么"家"。"家"一定不是那个他父母建造出来让邻居印象深刻的大砖房,也不是那个他放学回来后经常空荡荡的地方。即使在他父母还没离婚之前，柯尔也总想逃离那个地方。

凝视着那些娇小的尸体，柯尔被悲伤的情绪淹没了。这些麻雀是如此脆弱、无助、无辜。它们不应该死。不过，同样的，它们又有什么权利生存下去呢？这个想法困扰着柯尔。那些鸟无足轻重的小生命有任何意义吗？他自己呢？

他看着一只孤独的麻雀在鸟巢附近断裂的树枝间跳跃。是那只母鸟吗？它在找自己的小鸟吗？柯尔舔了舔干裂的嘴唇。那些麻雀宝宝至少还有个妈妈来找它们，却没有人——连一只骨瘦如柴的灰鸟也没有——在找他。

柯尔的眼睛湿润了。他没办法不去想那些散落在草间的小鸟。它们死前受了很多苦吗？还是脆弱的生命突然间就停止了呢？当心脏不再跳动的时候，它们怎么了？不久，蛆虫会来啃食这些尸体。不，或许它们会腐烂到土里，帮助那些草生长。或许这就是艾德温说过的循环。你生存、死亡、腐烂，然后其他东西也因此生存、死亡、腐烂。

柯尔弄懂这个循环了。在他身旁一棵树死了，而蚂蚁和其他各种昆虫在压坏的树干以及碎裂的木头间爬动。对它们而言，生命依旧持续。再过几个星期，它们就会用木头筑成新家。随着时间流逝，这棵树会腐烂成泥土。但新的种子会掉落、生长，另一棵树便会慢慢长大。数年后，那棵树又会落回地面，重新开始这个循环。

没错，死亡是生存的一部分。柯尔知道自己的身体终究会死亡、腐朽,化为尘土。那就是这个世界运行的方式。可是这个世界从他的生命得到了什么好处?他会比一棵树或者某些野草还要好吗?或者他的生命只不过是泥土的肥料罢了?

柯尔生气地呻吟,他还不想死。没错,有一天他会是这个循环的一部分,有一天他会躺在自己的排泄物里被蛆虫吃掉。可不是现在!刹那间,柯尔做了一个简单的决定。

他要活下去。

死亡的国度里没有掌控权、没有愤怒、没有人可以怪罪,什么也没有。活着才有选择。选择的力量才是真正的力量,真正的力量不是令他人害怕的武装出来的力量。柯尔知道,他使用过好几次那种虚假的力量。他一辈子都在浪费他的选择,沉迷在报复、自怜、消沉的状态中。此刻,他离死亡不远,而那些他痛恨过的人却安全、温暖地活着。那些他怪罪过的人全好端端地活着。到头来,他伤害最深的是自己。除非他找到某个有意义的东西,不然他的生命就是毫无意义的。

也许这是个憧憬,也许是个想法,也许只是个幻觉。柯尔心中出现一个简单的画面:一只小麻雀在鸟巢里,无助地抻长脖子,嘴巴大张。柯尔想象中的麻雀并不生气。它很无助。它一点儿也不了解什么是自尊,什么叫掌控权。它只想恳求帮助,要的不过是妈妈带来的小虫。一条小虫就是食物,食物带来力气,力气就是生命。小麻雀乞求的只是维持生命最基本的东西。

蚊子和马蝇聚集在柯尔的脸周围。他呻吟着晃动脑袋。他悲惨的生活缘于什么已经不再重要了,唯一重要的是生存。想要活下去的念头促使柯尔再次做出选择。要活下去就需要食物,而且要快!

但他要怎么做呢?他先前吃过的食物都吐出来了。

柯尔拨弄着左手下的草,折一些放到嘴唇上,但干燥、肿胀的舌头好像把他的嘴堵满了一样。他勉强张开绷着一层硬皮的嘴,把草塞进去。他让下巴开始咀嚼,然后伸手去拔更多的草。

含有大量纤维的绿草逐渐在嘴里形成一团,然后他吞了下去。没有水分,那团草卡在喉咙里。他努力再吞一次,可是噎住了。那团草卡住了,下不去也上不来。

柯尔惊慌地忍住不去咳嗽,他不敢咳。他噎得更紧,疯狂地转动着头,用力到青筋暴露。他没办法呼吸,那团草几乎让他窒息。他抬起头,嘴张得大大的,头剧烈摇晃着,发狂而绝望地想把那团草吐掉。他的身体极度需要空气。突然,他猛地咳出了那团草。

剧烈的疼痛像是灵熊的爪子一样撕裂他的肋骨。柯尔喘着气咬紧牙关,在晕头转向之际用左手抱住身体的一侧。又长又累的一分钟过后,疼痛减轻了,他这才敢用嘴浅浅地呼吸。

他的额头出现豆大的汗珠。他再次睁开眼睛后环视四周,找到胸口旁地面上那团满是纤维的草。他瞪着那团草。如果他想活下去,还有什么别的选择吗?他不情愿地捡起那团草再放回嘴里。这一次,他嚼了很久才吞下去。完全咽下后,他才松了一口气。

柯尔伸手去抓取更多草的时候,注意到手边有一只蠕虫,便改变主意抓起虫。蠕虫扭曲着身子要挣脱,他连忙把它塞到嘴里,稳稳地通过他干裂的嘴唇。在他开始咀嚼之际,那只虫还在他舌头上蜷曲盘绕着。蠕虫比草容易咀嚼,而且一吞就下去了。柯尔开始找另一只。在他寻找的时候,天又开始下雨了。他张开嘴,让雨滴触及他的舌头。也许雨水会带出更多虫子。

柯尔找到的第二及第三只蠕虫比较小,他很快就把它们吃掉了。他的牙齿嘎吱嘎吱地嚼着土,平淡无味。不过他一边嚼着,一边注视着几厘米远的地方,一只肥大的虫子正慢慢地爬过。因为柯尔找不到更多蠕虫,他便把注意力转到其他虫上。地面满是各种虫,他开始把蚂蚁、甲虫、蜘蛛,甚至长绒毛的毛毛虫放进嘴里。每放进嘴里一只虫,他就闭上眼睛想象着麻雀宝宝张嘴待哺的模样。

终于,筋疲力尽的柯尔停了下来。不久,雨也停了,温暖的太阳把密密麻麻的蚊子与马蝇带了回来。它们在柯尔身上停满了,好像他是一具死尸似的。他试图缓慢地挥手把它们赶走,可是在他的手指头放回地面之前它们又回来了,盖满他流血的脸、脖子、胸口及手臂。

柯尔唯一感受不到虫咬的地方是断掉的右臂。他抬起头看:乌黑的右臂满是蚊子,像头发一样茂密。柯尔只能无奈地盯着,最后索性闭起眼睛。黑暗中,他依旧感觉得出马蝇尖锐的叮咬,并感受到许许多多蚊子细小的针头刺着他,吸食着他的血,留下令人瘙痒的毒液给他。如果有那条婀图保护他就好了。他不知道那条婀图在哪儿。他怎么会试图烧掉它呢?它能够保护他不受寒冷、雨水、风,以及昆虫所害。它也许还能保护他不被自己伤害。

柯尔再次失去了意识。

几个小时后,柯尔悠悠地醒了过来,意识到左臂有种瘙痒的感觉。他睁开眼,发现一只灰色的小老鼠在他手肘暂歇,正要朝他手腕爬去。它每走一步就停一下,用带着须毛的鼻子碰来碰去。柯尔一动也不动,让那只怯懦的老鼠冒险走过他的前臂,嗅嗅他的手腕,然后慢慢往他上翻的手掌爬去。柯尔屏住呼吸。他只有一次机会,抓住这只老鼠远比抓上百只虫要好。

蚊子享受大餐的速度并没有减慢,上百只蚊子盖满了柯尔露出的皮肤,它们微小的躯体充满了血。有几只蚊子停在他眼皮上,柯尔眨眨眼想赶走它们,他不敢用手拍打。他把目光集中在老鼠身上,等着它再踏出一步。老鼠前前后后急促而谨慎地摆动着有长须的头,然后往前踏了一步。

柯尔握紧了手。

第十一章　挑衅

那只老鼠挣扎着,用刀一般锋利的牙齿咬柯尔的手指,小爪疯狂地奋力抓爬,想要挣脱。柯尔同情这只受惊吓的小老鼠,不过他要坚持下去,用尽全力紧紧抓住它。这只老鼠是他的猎物,就像海鸥抓鲱鱼或是猫头鹰抓老鼠一样。他紧紧握住那只老鼠,可是他实在太虚弱了,阻挡不了老鼠的挣扎。

柯尔感觉老鼠快要挣脱开了,便迅速地把拳头带到嘴边。他用手压住嘴唇,勉强把那只老鼠放入他齿间。它不断挣扎,咬着柯尔的嘴唇和舌头。

柯尔一口咬下,一根细小的骨头断裂了。老鼠抽搐了一下,还在扭动。柯尔又咬了下去,可是他的下巴虚弱无力。老鼠还在扭动,发狂般地咬着柯尔的舌头。有那么短短一秒钟,柯尔感觉到一个毛茸茸的头从他后齿间经过,他用尽吃奶的力气让嘴合在一起。那颗小小的头颅碎裂了,老鼠的身体渐渐僵直,不再扭动了。

柯尔让下巴休息了一下。他的脸颊由于那只死老鼠而鼓起来。小小的躯体偶尔还会抽动一下。渐渐地,柯尔的牙齿开始了工作,啃咬老鼠的躯体。咸咸的液体溢满他的嘴,他再次强迫自己想象麻雀宝宝张开嘴的样子。食物就是力气,力气就是生命。

吃那只老鼠让柯尔筋疲力尽。他嚼完细小的骨头,吞完那团毛茸茸的皮后,极为虚弱地躺着,张大嘴巴喘气,蚊子肆意地停在他的嘴唇和舌头上。他的皮肤肿起来,痒得像火烧一样。

柯尔渴望活下去。可是他要怎么做？这些可恶的虫子从他身上吸取精力的速度比他能够补足精力的速度还要快。他闭上眼睛不管放血这回事,可是那并不会停止他身上所受的折磨。在令人恼怒的黑暗中,他感受到另一个动静。他又张开眼睛,期望见到灵熊,结果看到两只海鸥在他头部附近,从他吐出的秽物中啄食鱼块。

我吐出来的东西,柯尔想,它们在吃我吐出来的东西。

那一瞬间,柯尔意识到他多么想要活下去。他吐出来的食物依旧是食物。那些鱼块依然有能量,而能量就是生命。没有一只小偷海鸥能够从他这里窃取生命。他对那些海鸥挥动手臂。"我的!"他呻吟着,"那是我的!"海鸥嘎嘎叫着跳到他抓不到的地方。

柯尔伸出手臂,从草地捡了一小块鱼放进嘴里。他吞下去后,又伸手去拿。他一口一口地吃着,直到剩下的鱼块小到指头捏不起来为止。最后,他放松休息了。吃东西耗掉了他最后一丝力气。他闭上眼睛,又开始晕眩。弥漫的湿气让他感觉像是有许多蚊子停在身上。不过,这些湿气最后变成雨水,使柯尔灼热的皮肤得到清凉。他张开干裂的嘴唇让雨水冲刷着他肿胀、灰白的舌头。

柯尔先前觉得空洞而虚弱,像是血液从他身体内流干了一般。现在他感觉到某种很难形容的东西。尽管觉得寒冷,但精力在慢慢渗入他的身体,让他能抓住一些思绪留存心里。他觉得很满足。他为自己提供食物,而且能够感受到身体正在吸收方才吃下去的食物。不过他急需饮水。他很渴,非常渴。

天又降下雨,地面也变软了。柯尔用手指挖了一些泥,抹在浮肿的脖子及脸上,还有断掉的手臂和被撕开的胸口上。也许这样可以对抗蚊子的攻击。潮湿的泥土舒缓了柯尔灼热的皮肤。他感到手臂酸时,就会停下来休息。

渐渐地,雨水在他挖起泥巴的地方形成水洼。他注视着泥泞的水,然后把手伸进水洼里。他把手掌弯曲成杯状,舀了那些混浊的水到嘴里,每个动作都费了他很大的劲儿。他一次又一次地取水。虽然有时候只有几滴水进到他干燥的嘴里,不过他的喉咙逐渐湿润,最后终于能够开始吞咽。

柯尔让疲累的手臂摔回地面。他一边休息,一边往海湾望去,看到一只老鹰从水面抓起了鱼。靠近岸边的地方有只母海豹带着孩子在游水,它们的头在水里快速地上下摆动着,把鱼群赶往石头边。柯尔再次扫视地面,抓到了两只刚爬出地表的蠕虫。他把它们丢进嘴里,咀嚼着。它们并不是唯一搜寻食物求生的生物。

细树枝断裂的声音是柯尔唯一注意到的警告。他转过头,发现灵熊站在不到六米远的地方看着他,一只爪子往前伸,好像走到一半停住似的。那只熊闪亮的鼻子抽动着,豆大的雨珠落到它浓密的毛上,溅开变成了"小珍珠"。它的眼睛熠熠发光。

柯尔的心跳加速,伤口阵阵疼痛。他似乎感觉到皮肉重新被撕裂一次,也再次听见骨头断裂的声音。由于身体冻僵了,加上怕到不敢出声,柯尔只能眼睁睁地看着雕像似的灵熊。

柯尔舔了舔裂开的嘴唇。那只熊是回来杀他,还是来戏弄他?他发现自己由于恐惧而颤抖,害怕的不是死亡而是无助感。他讨厌周遭这个世界的怜悯。为什么这只可怕的白色动物不就这么走过来结束它之前做的事呢?它只要用粗大的下巴一咬,有力的爪子一拍,就可以打破这个平衡,然后结束这个梦魇。

无论如何,柯尔决定要打破这个局面。他的嘴巴有些干,但他刻意从喉咙深处收集口水,并以同样的眼神回应着灵熊灼灼的目光。

当柯尔再也挤不出口水时,他痛苦地抬起头,吸进他所敢吸的最深的一次气。他要吐的对象不仅是灵熊,他还要朝他的生命吐口水。这个世界要把他像颗讨厌的花生米一样带进坟墓,那么柯尔·马修斯至少还有最后一句话要说。

柯尔准备着最后的防御动作,他把脸颊肌肉后拉,然后用力地啐了一口,拼命地甩了一下头,把口水吐了出去。痛苦从他浑身各处袭来,但是他继续睁大眼睛。他想好好欣赏这最后的一刻。

好像是慢动作一样,那团口水软弱地朝灵熊的方向画了道弧线,可是离目标还有一段距离就落在草地上了。柯尔瘫了下去。就这样了。他已经尽了全力。现在这世界高兴把他怎样就怎样吧。

　　灵熊微微抬起头,奇怪地吸了一口气,嗅了嗅空气,然后开始前进。柯尔绷紧神经。这是第一次攻击时应该结尾的方式。

第十二章　触摸

灵熊以缓慢懒散的步伐接近柯尔,头低垂着。柯尔握紧拳头。或许他可以举起手臂,或许他还有力气挥出最后一拳。

那只熊停在三米外柯尔口水落地处。它低下头去嗅了嗅。灵熊的眼睛依旧看着柯尔,若无其事地把那口水舔了起来,然后抬头,眼神温和而好奇,接着转身漫步而去。

柯尔的泪水和情绪迅速一涌而上。如果死亡急速而来,他才不在乎,因为生命在最后一个激烈的挑战瞬间就结束了。那种死亡方式柯尔能够了解。可是在这儿,他毫无遮蔽地躺着,孤独一人,被摒弃,他的生命像水从破水桶里漏出去般从身体流失。连一只熊都觉得他无足轻重,还如同平常舔舐露水那样舔起他的口水。

那只灵熊没有慢下脚步或者回头张望。柯尔努力忍住泪水,直到最后一丝白影消失在茂密的灌木丛中,他才开始啜泣。他要死了,孤孤单单、毫不重要地死了,而且没有人在乎。

柯尔逐渐陷入梦境,幻想着自己是鸟巢里的鸟宝宝。暴风雨在他身边肆虐,树木剧烈地摇晃,强劲的雨像冰雹一样打在他身上。

柯尔恐慌地努力想飞，但是他逃不开那个巢。他唯一能做的只有张大鸟嘴高高伸向天际——一个承认他无能为力的简单动作。没有条件，没有坏习惯，没有谎言，没有欺骗，没有操控，唯有屈从，以及想要生存的简单欲望。他想要活下去，可是他需要别人帮忙才办得到，不然他的生命就会在巢里结束。

突然，猛烈的风势平静下来，雨也停了。柯尔张着大大的鸟嘴努力往上伸，而这时他的知觉也逐渐飘回到真实的疼痛世界，他再一次回到小岛上自己受伤的身体里。暴风雨已经停了，某种东西唤醒了他，那是种令人无法忍受的动物气息。他睁开了眼睛。

那动物的气息微热而有霉味，渐渐逼近。就在几厘米外，灵熊高高地耸立着。它的腿在柯尔手臂旁像柱子一样耸立着，而水汽在它的白毛上闪耀着。

世界停止运转了。

对柯尔来说，没有风，没有寒冷，没有时间，没有痛苦，没有声音，只有一个东西存在——那只灵熊。它闪亮的黑色眼睛里带着永恒，而它强烈的目光直视人心，毫不动摇。

柯尔意外地没有感受到之前的恐惧。也许灵熊是来杀他的，也许它只是好奇。不管什么原因，柯尔平静地往上看那只熊。他知道自己会为了生存而战斗到最后一分钟。任何一只动物都会这么做。即使是蠕虫也会前后扭曲，想从被俘与死亡中挣脱。但是柯尔也知道，他的时候到了，就像鸟宝宝或者那些虫、那只老鼠，该轮到他了。

柯尔的眼睛湿润了,他眨了眨眼。那么,这就是结局了。他决意听从命运的安排。他看着那只熊的眼睛,但是找不到它攻击的意图,只有好奇。就好像那只熊在等待一样。它在等什么?柯尔出于直觉,在嘴里尽可能多地收集口水。当那贫乏的液体流到舌头时,他停住了,犹豫着,然后吞了下去。

柯尔并不了解他为什么要把口水吞下去,或者为什么接下来的事情会发生:他犹豫地把左手举离地面,好似要触摸一道电篱笆一样,小心地朝灵熊的肩膀伸出手指头。但在距离它几厘米远的地方,他停顿了。

那只熊的眼睛闪烁着,察觉到了什么。

柯尔强迫自己把手往前伸,直到手指头碰到那只熊湿润的白色皮毛。如果他快死了,他想知道杀他的那只动物感觉起来是什么样子。

那只熊依旧不动。

柯尔的手指陷入浓密的白毛中,直到他摸到结实的躯体。他从指尖感受到温暖,感受到熊的呼吸和心跳,然后他还感受到一样东西——信任。可是为什么?柯尔曾企图杀掉这只熊,对它吐口水。这只熊也反抗过他,而且柯尔还用了全身的精力来讨厌它。柯尔的手还摸着那只熊,他迟疑了一下,然后把手移开了。

灵熊眼都没眨一下,肌肉也没动一下。当柯尔的手再次回到地上,那只高高耸立的动物才垂下巨大的头,好似在点头。它又点了一次头,然后走了回去。它利落地转身,安静从容地往海岸方向走去。

柯尔注视着它,连呼吸都忘了。他希望那只熊抵达岸边的时候停住,可是那只又大又白的动物步入水中,用力地划水游进海湾,朝空旷的大海而去。浅浅的水波在它身后散开,像是一个大大的V字,直到它成为一个小小的轮廓,最后消失为止。

柯尔利用想象力让那只熊的影像继续存在久一些。最后,连那个影像也消失了。

柯尔眨眨眼,吸了一口气,像是刚起床一样。

在他身边,景物都活了起来。在一层乌云下面,一片晴朗的大地显现了出来。当清新的微风吹动云杉的树枝,并带起海中阵阵涟漪的时候,蓝色与灰色的反光在水面荡漾。海鸥在海湾上空边飞边尖声嘎嘎叫着,往下扑抓,猎寻食物。离柯尔不到三十米远的地方,那只母海豹和有斑点的小海豹出现了,它们从水中探出狗一般的头窥探。

空气中仍然带着呕吐物以及死亡物体的腐烂气味,不过同时也有海草、苔藓、雪松和海盐的清香味。明亮的光线下,鲜明的色彩闪耀着。

柯尔产生了一个奇怪的念头:世界是美丽的。没错,世界是美丽的!即使是潮湿的苔藓和手边压坏的草都很美。他凝视着那些美丽的景象,不明白自己以前为什么从来没有注意到这些东西。他一生错过了多少美丽的事物?他又摧毁了多少美丽的事物?

然而,从前是一段柯尔再也无法重温的时光及生活——他也不想重温。他只知道当下,而且当下他是活着的,他前所未有地感觉到自己是活着的。柯尔突然有了另一个古怪的念头:当他的身体再也无法存在的那一刻,他希望也能有这样的感觉。即使在他凝视苔藓的时候,内心深处那个平衡点也在转移。抓着生命不放就像是吊在学校操场的单杠上一样。在操场上,他能够吊在单杠上很长一段时间,可是当他紧握的拳头终于累了的时候,他的手很快就会滑落,他也就掉了下来。

此刻,柯尔觉得自己正迅速地滑落。他已经挣扎太久了,力气都流失了。现在轮到他死了。他觉得满足。在生命的终点他见到了美。他信任过,也被信任过。

那就够了。

柯尔的头歇在一块可当枕头的软绵绵的苔藓上。疼痛像雾一样在他身体外浮动。他闭上眼睛,放松自己,让那平衡点转移。这个时刻,柯尔觉得自己好像往上飘进了一朵云里。一阵唧唧声逐渐在他脑海聚集,声音越来越大。那声音困扰着柯尔,他现在想要的是寂静。

唧唧声突然停止,取而代之的是海鸥的嘎嘎声。他听到它们在他上方争执。这就是死亡的感觉,但他没想到会这么嘈杂。那些海鸥开始啄食他的手臂和双脚。柯尔没办法睁开眼睛,可是他挥了挥手臂。为什么那些海鸥要打扰他呢?为什么它们不等到他死呢?它们非得在他还有气息的时候就把肉从他骨头里挑走吗?

啄食的动作非但没有停止,反而变得更糟。现在,那些海鸥开始用大大的喙去拖他的脚和肩膀,想把他举起来。当他的身体被拖着撞击岩石的时候,异于平常的感受不断向柯尔袭来,尖锐的痛楚刺透他的伤口。在那些海鸥拖拉他的衬衫和鞋子时,它们响亮的叫声变成了断断续续的胡言乱语。它们在对他做什么？

　　柔软而温暖的感觉逐渐裹住柯尔,就像是被裹在毯子里一样。他的头前倾,温暖的液体注满了他的嘴。这没有道理。雨水怎么可能是温暖的？他的头一定是浸在水洼里,泥水漫过他的嘴唇。也许是血。他吐出那种液体,脖子也感受到它的温暖。他不想要在血水或者泥水里溺死。可是那温暖的液体再次流经他的嘴唇,柯尔让步了。他怎么死已经没有关系了。他可以溺死、冻死,或者被海鸥啄得支离破碎。唯一重要的是那个平衡点已经改变了,而他现在正要飘过那条界线。

　　"撑住,老大！撑住！"一个声音呼唤着。

　　那个唧唧声又响了起来,这次声音更大,震耳欲聋,有如一大群蜜蜂准备发动攻击。然后世界倾斜了,震动着。柯尔的胸口随着每次震动而疼痛。震动变得剧烈的时候,某个东西支撑起他的脖子,稳住他的头。他一直尝试要把自己推过那条界线,不过他的头又被抬了起来,更多温暖的液体流经他的嘴唇。

　　"跟我一起撑住,老大！"

　　柯尔又吐出满满一口。那甜甜的液体让他的疼痛继续活跃,让所有震动和噪声持续下去,他却挡不住那液体从他的牙齿和肿胀、干渴的舌间渗入。那温暖的液体流到他的喉咙里,把寒冷带了回来。寒气让他的身体痛苦到无法控制地抽搐起来。他呻吟着。这个可怕的梦魇到底什么时候才会停止？

接着，他突然醒了。

他睁开眼睛。

没有一样东西是对劲的。

海湾和倒塌的树不见了。阴暗而躁动不安的天空依旧在上方移动着，可是那些坚硬的地面、水汽，还有死掉的鸟在哪里？一条厚厚的毯子把他的两条手臂都包在胸前。那条毯子是咖啡色的，不是那条彩色的婀图。那条婀图在哪里？

柯尔看到的东西都是模糊的，不过他知道自己躺在浅浅的船底。跪着一条腿驾船的是艾德温——那个带他到岛上的特林基特老人。艾德温的脸上不再是一贯不带感情、出神的表情，他的眉头紧皱，透露出对柯尔的关心。

柯尔努力眨眼想看得清晰一点儿。他的头靠在某人的膝盖上。然后，他认出了葛维。葛维侧身面对着他，因为担心，他看来相当憔悴。"我们快到家了！"葛维伴着引擎的轰隆声大吼。

柯尔太过虚弱，没办法回答，只能再次闭上眼。他努力地想要回忆起发生了什么，却无能为力。

葛维对艾德温吼了什么，然后引擎转动得更大声。柯尔屏住呼吸，想要减轻肋骨的疼痛，那痛楚就像某个人正用棍棒击打他胸口一样。每当遇到一个大浪，他就感受到葛维夹住他的强壮手臂变得更紧。

剧烈的颠簸似乎永无止境。而当船终于慢下来时，柯尔已经完全被疼痛所控制,清醒不过来了。引擎尖锐刺耳的声音渐渐变弱,取而代之的是岸上一阵焦急的喊叫声。葛维和艾德温也朝他们大声吼着。然后,船撞到了某样东西。

柯尔睁开双眼。他们已经拉了个木板到船边。一群人聚在船边,向下看着他。人群正在移动,他们伸出手,叫喊着。柯尔被抬起来的时候,痛得叫出声,好像肋骨和脚要被扯掉一样。某个人滑了一下,柯尔的脚擦过码头边缘。他听到自己大叫的声音。更多的脚步声猛力敲打着,更多的声音叫喊着。码头晃动起来,柯尔盲目地抓着空气,想让世界停止动作。他再也受不了这种折磨了。

骚动和喧闹持续进行着。柯尔来回晃动着,他发现自己被举到担架上,抬到了码头上一辆小轿车里去。车门猛然关上,引擎发动,然后在车沿路往下冲的时候,颠簸随之而来。柯尔的疼痛感逐渐消失,开始胡言乱语起来。

柯尔再次有感觉是进入一个房间,被抬到一张柔软温暖的床上。一双小心而仔细的手把他擦干净,脱掉裤子。在他的想象中,那是灵熊正在扯掉他的腿。不过他听到的不是动物的咆哮,而是一个女人轻柔的声音:"放松,放松,你会没事的。放松就好。"一条毛巾轻轻拍打着他的额头,柯尔不由自主的颤抖已经被冒出的热汗所取代。

骚动终于停止的时候,柯尔筋疲力尽地躺着,意识时而清楚,时而模糊。他感觉到有条温暖的毯子塞在他脖子四周,然后他睁开眼睛。娅图在哪儿?

看到柯尔睁开了眼睛,艾德温和葛维走过来,分别站在床的两边。艾德温仔细看了看柯尔。他直截了当地说:"你一定被狠狠地打了一顿。"

葛维同意地点点头,说:"闪电击倒了大树,树枝一定打到了你。"

柯尔企图说话,可是喉咙里迸不出话来。

一个矮小、圆脸的特林基特女人挤到床边。"他的伤不是树造成的。"她说着掀开毯子,"你看。"

艾德温往下看着血红的深长伤口,旁边围着一圈肿胀的苍白皮肤,他低低地惊呼一声:"是咬伤和爪子抓伤。"

那个女人点点头,"他被熊攻击过。"

柯尔点点头。葛维的眼睛闪过一丝恐惧。

"我很好。"柯尔终于顺利地发出了声音。

葛维浅浅地一笑,关切地说:"你有一半的骨头都断了,你的身体肿得像个巨大的蚊子包,而且你都快饿死了。老大,相信我,你并不好。"

柯尔勉强地点了下头。他又呻吟着:"我很好。"

第十三章　获救

一个矮胖的男人把头探进柯尔的房间,叫道:"凯契根那边要等到早上才有办法派救护机过来。天快黑了,而且天气也开始变了。"

护士摸摸柯尔的额头,"看起来你要在萝西的一星级酒店过夜了。"

艾德温朝柯尔点头,"如果你还没猜到的话,这就是萝西。"难得的微笑让他的嘴唇往上皱,"她是德瑞克最好的护士。"

"唯一的护士。"萝西补充说。

艾德温说:"相信我,如果你受得了萝西,你就受得了其他任何事情。"

柯尔冷得抽搐起来,萝西轻轻戳了艾德温一下。"你和葛维去做些有用的事。"她说,"再拿一条毯子来。"

葛维从床边的椅子上拿起那条婀图给萝西,"给,这是我们从岛上带回来的。"

"这是湿的!"她说,"从衣橱里拿一条新的。"

当柯尔看到那条彩色的毯子时,突然感受到了温暖。他伸出手抓住它的边缘。

葛维仔细地看着柯尔,艾德温拿来另一条毯子时,柯尔还抓着那条潮湿的婀图。

他紧紧抓着柯尔的肩膀,"我们晚一些再谈。你现在先休息一下。"

柯尔放开婀图,抓住葛维的手臂。

"我哪儿也不去。"葛维跟他保证,"我跟萝西整晚都会在这里陪你。"

"谢谢。"柯尔轻轻地说。

萝西向前挤到床边。"这也许会有一点痛。"她在柯尔的左臂打了一针,"我给你静脉注射一些抗生素。"打完后,她把柯尔的头抬起来,轻轻放了一些药丸在他嘴里,"现在把药丸吃下去,它们能帮助止痛。"

柯尔从萝西握着的玻璃杯里小口小口地喝水,努力把药丸吞下。然后萝西开始处理柯尔的伤口。门开了,另一个特林基特女人用保温瓶带了一壶热汤进来,放在床边。萝西转向葛维,"也许你可以喂这小伙子吃些食物。"

艾德温依旧靠着墙壁,专心地看着葛维把一个大枕头放在柯尔的头下,再舀出满满一匙鸡汤送入他的嘴里。

药效发挥后,柯尔的疼痛减轻了。他一边啜饮着汤,一边看着萝西。她开心地工作着,好像在做一件全世界她最喜欢的事情一样。在她离开房间去拿更多包扎用品时,葛维转向柯尔,"那只熊把你当咀嚼玩具来咬。"他担心地噘起嘴唇,"我很抱歉让你陷入这样的危险。"

柯尔有好多事要解释，可是他实在太虚弱，太累了。他摇了摇头，轻轻地说："我的错！"

葛维瞥向艾德温，艾德温的目光依旧专注在柯尔身上。萝西回到床边，手上满是一卷卷的纱布，还有一只咖啡色的塑料瓶。葛维从床边让出位子给她。他对柯尔说："萝西帮你包扎的时候，你好好休息。"

萝西说："我没办法包扎太多部位。他骨折了，我希望今天晚上就能送他进医院。"

在萝西清理及用绷带包扎他伤口的时候，柯尔闭起眼睛。药物让他想睡。

萝西结束工作后，悄悄地对葛维说："那只熊应该跟他耗了一段时间。他的肋骨断了，或许骨盆也裂了，加上失温以及骨折的腿和手臂，我很惊讶他还能够说话。他一定是个意志刚强的孩子。"

"没有他想象得那么刚强。"葛维悄悄地回答。

艾德温低声说："如果他找到活下去的理由，他会没事的。"

柯尔逐渐睡去时，听见了每一个人的话。

他睡得很不安稳，梦见他认识的人从朦胧的雾里走向他。每一个人都在帮助他：葛维喂他，萝西清理他的伤口，爸爸给他钱，艾德温给他建议，妈妈帮他清洁，还拿新衣服给他。

柯尔喜欢别人帮助自己。他喜欢利用人。突然，一道闪电打下来，所有的人都变成了怪兽。他们为柯尔做过的每一件事逐渐消失不见。他们转而嘲笑他："你这笨蛋！"他们大叫："为什么

91

我们应该帮你做事？你什么也不是！你是个娃娃脸的骗子！"

柯尔醒了过来,浑身是汗。已经是晚上了。他发狂地在那一片漆黑中搜索踪影。他听见黑暗中靠近他的地方有规律的呼吸声。"葛维！"他叫出来,意识到自己能讲话了,"葛维！"

葛维用沙哑的声音回答:"你还好吧,柯尔？"

柯尔听到某个人起来啪的一声把灯打开了。葛维穿着皱皱的牛仔裤及褪色的羊毛衫,赶紧来到他床边。接着,隔壁房间的门打开了,萝西冲进来。"发生什么事了？"她问。

柯尔看着那两个人,他的噩梦依然纠缠着他。"我做了一个梦。"他说着,声音相当刺耳,"别人来帮助我,然后他们变成怪兽,嘲笑我。"

"只是个梦而已。"葛维说,把手放在柯尔的手臂上。

"可是你们两个也在里面。"

萝西把柯尔的手放在她手里。"我不是怪物。"她微笑着说,"也许葛维是。"

柯尔没有笑,"你们为什么要帮我？"

萝西看看手表。"当然不是因为薪水以及不错的上班时间。"她耸耸肩,"如果你无法帮助他人,让世界变得更好的话,为什么还要活着？"

柯尔往上望着葛维,问:"那么,你为什么帮我？"

"因为我们是朋友。"

柯尔的表情显露出他的挫败感。"不对。当你第一次在明尼阿波利斯开始帮我的时候,你根本就不认识我。"

葛维在回答之前仔细看着柯尔："你说得对。我都是为了我自己。"

柯尔点头，"我也是这么想的。你并不关心我。你……"

"你错了。"葛维说，"我的确关心你。不过帮助他人是我帮助自己的方式。"

"你需要帮助？"柯尔惊讶地问。

葛维点了点头，说："我在你身上看到了我自己。我在你这个年纪时，为了一些到进坟墓还会懊悔的事在监狱里待了五年。我小时候住在德瑞克，可是没有人关心我，没有人要带我经历'环形正义'的程序。如果他们这样做的话，也许事情会不一样。"他苦笑着摇摇头，"相信我这句话：牢狱会伤害灵魂，而且我永远没有办法帮助那些我伤害过的人。"

"柯尔，"萝西用手摸着他绑着绷带的手臂，"再过几个月，你的身体会痊愈，可是那些时间不会治愈你的心灵。帮助他人能够帮助你灵魂的伤口复原。"

柯尔依旧被他的梦困扰着，他说："还有人想要伤害我。"

萝西抓紧柯尔的手，说："那些是需要你帮助的人。我打赌在葛维第一次遇到你的时候，你不是一个很有趣的人。"

柯尔摇了摇头。

萝西问："你还痛吗？"

"还痛。"柯尔说。

罗茜打开一个小包裹，拿出了注射器，"给你一个帮助睡眠的东西。"

"给我一个带走怪兽的东西。"柯尔说。

她回答:"那只有你自己才办得到。"

柯尔睡得很沉,这是他这么多天来第一次真正的睡眠。他醒来时,黑暗中有一盏小灯在床铺附近发亮。萝西已经起来了,安静地在房间里四处工作。听到他移动的声音,萝西把灯打开,来到床前,"睡得好吗?"

柯尔点了点头。

"今天早上我们来清理你包扎过的地方。"她说,"凯契根那边的人还以为我们这里有拿手杖的巫医呢。"

柯尔的脸痛苦地扭曲起来。疼痛回来复仇了。萝西看他这么痛苦,又给了他一针。"情况好转之前会痛得更厉害。"她说,"我先提醒你,好让你有心理准备。"然后她补充了一句:"不过情况真的会好转。"

在柯尔等待药效缓解疼痛期间,葛维从吊床上坐起身,舒展筋骨。他把手插进蓬乱的头发里梳了梳。"我去拿些早餐好不好?"他问。

萝西一边点头表示赞同,一边挂起新的点滴。她又测了柯尔的体温及脉搏,然后拿进一个装着他衣服的纸袋。"给。"她一边说,一边把袋子放在床边,"你的衣服不多,不过我已经都洗好了。"

柯尔看到彩色的婀图叠好放在袋子的最上层。

葛维回来的时候拿着果汁和温热的燕麦粥,艾德温出现在门口宣布说:"飞机上路了,大概三十分钟后降落。"他转向萝西,"柯尔吃完后,我们带他到码头。我找了帮手。"

柯尔还没吃完,村里两个年纪跟柯尔相仿的男孩已经过来帮忙了。他们用担架把他抬到外面等候着的小面包车上时,好奇地看着他。萝西坐在柯尔旁边,拿着他的点滴袋。他们抵达码头时,那两个男孩又帮葛维和艾德温抬担架到码头尽头。

萝西把柯尔的点滴吊在码头的柱子上。"我马上回来。"她说,"我去车上拿你的治疗记录。"两个男孩跟在萝西身后,留下艾德温跟葛维和柯尔在一起。

艾德温看着闪耀晨曦的地平线,"告诉我,那儿发生了什么事?"

"我觉得再也没有人关心我了。"柯尔努力说着话,"所以我烧了那个小屋。"他犹豫地解释着他如何企图逃离那座岛,以及为了要杀灵熊,他怎么被抓伤。他承认:"我之所以要宰它,是因为它不怕我。"

葛维和艾德温听着柯尔继续描述那场暴风雨。柯尔讲完后,葛维说:"也许你再也不能使用那只手臂了。生命是各种事件的结果汇集而成的,而你确实做了一些糟糕的决定。"

柯尔点了点头,"我的手臂不重要。"

葛维疑惑地看着柯尔,问:"你为什么这么说?"

"如果我喜欢那个蛋糕,或许也该接受那些材料。"柯尔虚弱地笑着,"有一次一个著名的缓刑监督官这样告诉过我。"

葛维挑起一边的眉毛,"那个著名的缓刑监督官让你被熊抓伤。现在你必须住院,出院后还有父母要应付,还要面对牢狱的刑期。我怀疑在发生了这些事后,环形会还会不会让你回到岛上。你能明白吧,对不对?"

柯尔点点头,"我了解,不过没关系。现在不管发生什么,我都不会再生气了。"

艾德温摇摇头,"一个人不会永远不生气。愤怒永远不会被遗忘,你只能驯服它。"他指向那些岛,"告诉我更多有关这只灵熊的事。"

"那是只雪白的熊。"柯尔说,"它最后一次来的时候,就站在我上方。"他轻轻地说:"我伸手碰了它。"

艾德温审视着柯尔。"灵熊住在离加拿大不列颠哥伦比亚省海岸南边百米远的地方,不在这些岛上。"他摇摇头,"我从小就在这里狩猎,我的父母,还有他们的父母也是。这附近没有灵熊,当然,你脑子里除外。"

柯尔正要争论,突然想起他从那只熊身上抓下来的一撮白毛。"要打赌吗?"他说着,伸手去拿身旁袋子里的裤子。突然,他停了下来。他一辈子都在说谎,而谎言越多,他就得越努力证明他是对的。他从来没有勇敢地只陈述事实。

柯尔放下袋子。今天,情况会改变。从现在开始,他只会说实话,即使那样可能会进监狱。他轻轻地说:"我不需要证明什么。我说的是实话。"

艾德温眯起眼看着柯尔,然后转身走了。

葛维说:"我跟你一起去凯契根。我去拿我的东西,马上回来。"当他转身离开时,眨眨眼睛,对柯尔说:"别乱跑。"

柯尔目送葛维离开。他独自一个人待着,眼睛看着反光的水面。或许他从没真正看过灵熊。他抻长脖子确定没有人在看他,然后伸手进纸袋拉出他的牛仔裤。他小心地把手伸入前面的口袋,握住一堆缠结在一起的毛茸茸的东西。他伸出手,打开拳头。

手掌心里有一团毛。柯尔凝视着。那是全白的毛。"那是真的。"他悄悄地说,"我没有说谎。"他谨慎地举起手,把毛丢进水中。从今天开始,他要讲实话。他的话就是他唯一的证明。

一阵响声靠近码头,飞机嗡嗡地在头上盘旋准备降落,柯尔看着那团白毛。它漂在水面,微风把它吹离了码头。那一小团毛上下浮动着,随着潮水漂流,终于消失在尽头。

柯尔带着微笑,头放回担架上休息。艾德温说过,愤怒永远不会被遗忘。那或许是真的。不过灵熊也永远不会从他的脑海或者内心消失。

第十四章　疗愈

六个月后

柯尔跛着脚，沿着人行道慢慢走下去，离开医院。他再也不能灵活地使用右手臂了，身上的众多疤痕也让他变得四肢僵硬，一瘸一拐地走路能帮他缓解折磨臀部的疼痛。葛维在一旁耐心地走着，柯尔的妈妈在后面好几步远的地方跟着。在她旁边是护送柯尔回看守所的警卫。那个警卫眼睛紧紧盯着柯尔。他曾想给柯尔铐上手铐，可是葛维把他拉到一旁，两人进行了一阵激烈的争辩。最后，警卫不情愿地点点头，允许柯尔在移交时不受束缚地走路。

柯尔的爸爸不曾到过医院，今天也依旧缺席。当一群人穿越停车场前往警车时，没有人提到他。柯尔对他的缺席并不惊讶。他从岛上回来一个月后，警方逮捕了他爸爸，以"虐待儿童"的罪名正式起诉他。当然，他否认所有的控诉，而且在逮捕令的墨迹未干时就付了保释金。

要不是葛维对柯尔的妈妈说的那些话，柯尔的爸爸也许不会被起诉。在医院，葛维站在柯尔的床边对柯尔的妈妈说："这就是你的沉默造成的后果。如果你继续保持沉默,你就得一起承担责任。"隔天,她勉强同意提出控告并且做证。

柯尔待在医院期间,环形会的许多人都来探望他,包括他的妈妈。她的探访让柯尔感到最难受。她除了握紧双手问他"你还好吗"之外,很少说话。每次来,她都重复着:"我爱你。你知道的,对不对?"

那种时候,柯尔都不知道该说什么。为什么现在突然他该相信她很关心他呢?她每天来探望他,可是那并不能证明什么。她晚上依旧不在。访客时间结束后,没有人留在那儿,只有柯尔孤孤单单地和他的思绪在一起。那也是他再次经历被撕伤的噩梦,感受孤独的痛苦、恐惧和愤怒的时刻。艾德温说得对,愤怒永远不会被遗忘。

不过,夜深时,柯尔也会想起麻雀宝宝,并想起触摸灵熊的感觉。他想起它白色的毛和在黑暗中耐心温和地看着他的黑色眼睛。那双眼睛,给了柯尔些许平静。

柯尔将无力的右臂紧抱在胸前,转身看着医院。离开的感觉真的很好。从灵熊的牙齿陷进他臀部、手臂,还把他胸口弄成一块汉堡肉算起来,到现在已经六个月了。即使是现在,肿大的红色疤痕还是在他身上交叉成十字状,成为那次撕伤后痛苦的纪念品。

虽然他的身体开始痊愈,但柯尔知道后面还有好几个月的治疗在等着他。"换成别人受到这样的伤害,很可能早就丧命了。"治疗师说,"你很幸运能够逃过一劫,但创伤会给你的身体留下一些后遗症。你没办法再灵活地使用右手；一些神经和血管的损伤会自动修复，可是你总会有虚弱、麻木、循环不良的部位；受损的肌肉及软骨会让你的关节僵硬；伤口会生成疤痕，如果不加治疗的话，你会因此变成跛子。你要反击，做任何可以锻炼身体的动作，比如说伸展、跑步、推拉。你现在正在跟你的身体战斗。如果输了，你下半辈子就将跛着脚。"

他们走到警车旁时，葛维转身对柯尔说："治疗师只告诉你了有关物理治疗的事。那还算简单的。"他指了指柯尔的头，接着说："治疗这里更为困难。既然你已经把你的桥梁给烧了，我不知道现在司法体系会拿你怎么办。我明天会到少管所，到时我们再谈。"

"我也会去。"柯尔的妈妈说，她的声音小到几乎听不到。突然，她伸出手拥抱柯尔，贴在他身上。他听见了她的啜泣声。

柯尔觉得很尴尬，可是没有把她推开，而是把手放在她的肩膀上，直到她放开他。他压制住喉咙里产生的一大团东西。"我没事，妈妈。"他说着爬进车子。

"系紧你的安全带。"那警卫命令着。

柯尔笨手笨脚地弄着安全带，朝葛维和妈妈点头道别。接下来呢？他想着，只要他还在医院，他都不用烦恼未来的事情。每一天都被手术、后续的手术、物理治疗、他妈妈及葛维的探访，以及川流不息祝他康复的环形会访客塞得满满的。

他们开过小镇的时候，柯尔从车窗往外看。他最终还是会坐牢吗？他爸爸会发生什么事？他没有办法想象他的爸爸坐牢。

很快,警车就在少管所前停下了。柯尔看到熟悉的光秃秃的砖造建筑时心跳加速。他顺从地爬出来,让警卫握住他的手肘护送他走进那些上锁的门。他穿的是妈妈带给他的新衣服。他现在拥有的东西(包括那条婀图)都装在一个背在肩上的小行李袋里。

柯尔发现他被分配到跟以前不一样的房间,不过那并不重要。这次这间有和之前一样光秃的墙、水泥桌及床,唯一的不同是马桶。这个是暗绿色的,以前那个是棕褐色的。

警卫关上门,柯尔走到床边把婀图挂在床架上,它可以随时提醒他想起小岛。然后,他坐下来,闭上眼,深吸一口气。坐在那儿很容易想起那座岛、那场暴风雨、寒冷、闪电、倒下的树、死掉的麻雀和被灵熊撕扯的经过。现在,他会知道自己能不能想起灵熊的温柔。

第二天下午,葛维造访的时候,看起来有些匆忙。"你习惯了吗?"他问道。

"你要怎么习惯牢房啊?"

葛维微笑着指了指他的头,"都靠这儿了。"

"现在你知道我会怎么样了吗?"

"知道,又不知道。只要你一准备好,环形会就会马上召开。由于你发生了这些事,他们大概会交出处理你这个案子的权力,把它送回法庭系统。"

"然后呢?"

"然后，恐怕你要受审，接受量刑。"

"坐牢？"

葛维点头，"很可能是这样。"

柯尔低下头，抠着拇指的指甲。

"你有什么想法？"葛维问。

"我多希望我在岛上没有把机会搞砸。"

葛维又点点头，"我们都有一些希望能够重新来过的事。"

柯尔说："有一天我要回到岛上。"

葛维好奇地瞥了他一眼，"什么原因？"

"再去看那只灵熊。"

"哦，那只巨大的白熊。"葛维说。

"你不相信我真的看到了灵熊，对不对？"

"老大，你看到了某个东西。"葛维皱着眉头说，"某个把你嚼了嚼又吐出去的东西。"

"那只熊并不想伤害我。"柯尔说。

"你怎么知道？"

柯尔吞吞吐吐地说："我爸爸用皮带抽我的时候，我知道他想伤害我。我从他眼睛里看得出来。那只熊不一样。它只是在保护它自己，因为我想宰了它。"

"你有没有想过你爸爸为什么打你？"

柯尔惊讶地抬头看着他，"我没对他怎么样啊！"

"我没说你对他怎样了。"

"他鞭打我只因为他生气。"

葛维笑着说:"这有没有让你想起任何一个我们认识的人?"柯尔没有回答,葛维耸耸肩朝门口走去。"我得走了,老大。"他说。

"你觉得灵熊的事情是我在说谎,是不是?"柯尔脱口而出。

葛维在门口停下来,"不,你不是在说谎。我认为你相信你自己确实看到了一只灵熊。"

第二周,柯尔已经习惯了少管所单调的生活。他爸爸依旧没有来。然而,葛维每天都来,柯尔的妈妈也是。他妈妈现在似乎有些不同了,她变得比较快乐,也比较有自信了。她穿着休闲服来看他,不再盛装打扮了。

有一天,她说:"或许等这一切结束,我们可以在某个地方开始新的生活。"

"永远都结束不了。"柯尔说。

"那要看我们了。"她说,"我已经戒酒了。"

柯尔仔细瞧着他妈妈,问:"为什么?"

一个恍惚的眼神不知不觉地在她眼里出现,"十九年前,当你爸爸跟我还处于新婚期,我们跟其他年轻的夫妻一样沉浸在爱河里,而且充满梦想。我们梦想拥有你,养育你,有个美满的家。我们从来没想到要让事情变成现在这个样子。"

"发生了什么事?"

"我们在某个地方转错了弯,生活远远超过了我们的控制。你爸爸从他的过去带了太多包袱来,那是他一直没有处理好的包袱。"

"你指的'包袱'是什么？"

她伤心地微笑着，"你爸爸不是个坏人。在他小时候，父母经常揍他。那是他唯一记得的事。当我看到他开始对你做相同的事时，我一直告诉自己事情会好转。我借喝酒逃避现实。"她摇了摇头，"花了离婚以及你住院的代价，我才清醒过来。我领悟到我无法改变你的父亲，可是我能够改变自己。我很抱歉让你经历了这些事情。你能不能原谅我？"

"你没打我。"

"没错，可我也没有试图阻止他。你需要我的时候我不在。"

"没关系。"柯尔说。

"不，有关系。或许我们能够改变。"

柯尔好奇地看着她，"这是你第一次跟我谈这些。"

她摸着他的手，"这是你第一次被熊撕扯。"然后，她给了柯尔一个大大的拥抱。

即使在她放开之后，柯尔还继续靠在妈妈身上，然后转头藏住他泪水迷蒙的眼睛。

一个星期后，葛维告诉柯尔："环形会明晚举行，我会来接你过去。"

"妈妈知道吗？"

葛维点了点头，说："你爸爸也知道。对了，我们明天晚上要给你一个小惊喜。"

"什么惊喜？"

葛维没有回答。

葛维在第二天傍晚准时来接柯尔。柯尔很惊讶只要葛维和他在一起，警卫就不会给他戴手铐。

他们在七点刚过就到达了公共图书馆。环形会的成员已经到齐了，柯尔认出大部分成员的面孔，其中包括他的律师纳森尼·布莱伍。彼得的律师也在，不过彼得不见了，彼得的父母也不在。从环形会里明显消失的人还有柯尔的爸爸。

跟以前一样，环形会从守护员祈祷，每个人起立手牵手开始。柯尔坐下来的时候，注意到葛维一直回头往门的方向看，他还看了几次手表。

自我介绍之后，守护员简单地描述所有发生过的事，以及为什么他们再次开会。她讲述柯尔火烧日用品，企图逃跑，被熊攻击的经过。然后，她以叙述他如何在医院度过六个月结束了发言。

那不是全部的事实，柯尔想，她不知道有关麻雀宝宝、暴风雨、努力要生存下去、挨饿受冻、孤独和无助，还有灵熊的事。

"柯尔对这次机会的反应相当令人失望。"守护员做出结论，"他违反了和环形会的约定，辜负了我们的信任。环形会还能够执行这件事吗？"

出席的成员一个接着一个拿着羽毛表达他们对这件事的失望。"这个情势不应该再由环形会来掌控了。"有个成员终于说出了口。大部分的人都点头表示同意。

柯尔又注意到葛维往门口瞥去。突然,门开了,每个人都转头去看。

进来的人是艾德温。

那个特林基特老人看起来和明尼阿波利斯完全不搭调。他依旧穿着那条褪色的旧蓝色牛仔裤,不过没穿那件破T恤衫,而是换了一件宽松下垂的毛衣,盖住了他的大肚子。他对大家说:"很抱歉我来晚了。你们城市里有个我们村子里没有的东西——交通堵塞。"

环形会的成员笑了起来,葛维要求说话。守护员把羽毛拿给他,然后葛维向大家介绍这位特林基特老人。

"我能不能参加你们的会议?"艾德温恭敬地询问。

守护员点点头。"可以,请进。"她说,带了一把椅子到圆圈中来,就放在她座位的左边。

艾德温就座时,往柯尔的方向点了点头。柯尔微笑以对。守护员示意让羽毛继续传递。她说:"我们正要听柯尔说话。柯尔,请你告诉我们,为什么你违反跟环形会签署的约定。你来说说我们有什么理由不把你的案子转回法庭系统审判?"

第十五章　最后一次机会

"我曾经很愤怒。"柯尔紧张地看着环形会的成员,"我到岛上时,并没有很清醒地去思考,也没有领悟到你们都试着要帮助我。我觉得把我送走是你们解决掉我的方法。我去那边纯粹为了躲掉坐牢。"

柯尔挣扎地把话讲出来:"我……我现在知道错了,而且我知道在做了这些事情后,我不可能再回岛上去了。没关系。"当他把羽毛递给他妈妈的时候,环形会成员的眼中显露出强烈的怀疑。他说过太多次谎话,现在他们对他的话已经麻木了。

"我知道柯尔已经有所改变。"他妈妈开始说话,她的声音出乎意料的坚定,"在他受到攻击之后,我从他的态度里看出了一些不同。他第一次开诚布公地跟我谈了话。我不知道现在应该怎么处置他。我觉得我只是在一片片地拼凑自己。"她轻轻地拍了拍眼睛,"我只希望还有碎片让我拼凑。"她交出羽毛。

没有任何发言的成员主张释放柯尔,连柯尔的律师也针对良好表现可缩短刑期来发言。每位成员都对发生的事情表示遗憾,认为该是把案子转回法庭的时候了。

唯一帮柯尔辩护的人是葛维。"我不知道在那岛上发生的一切。"他说,"可是柯尔改变了,这一点我很确定。不管我们决定怎么做,我希望我们允许这点改变继续下去。"

彼得的律师接到羽毛时,随便握在身边,好像那不是什么大不了的东西。"现在所有的实验都该停止了。"她强硬地说,"不要再浪费时间了,已经有太多人因为柯尔·马修斯而受苦并付出代价。或许某一天他会找出一条路,变成对社会有贡献的一员,但现在应该考虑的是社会福利才对。在岛上两天不足以改变一个人。环形会必须知道彼得·锥斯寇不管是生理还是心理方面都无法完全康复。他说话含混不清、动作缺乏协调性。这是柯尔的错。那不是柯尔可以修复的,但是他可以面对结果。即使到现在,柯尔仍拒绝承认真相。他宣称有只白熊攻击了他。他真的期待会有人相信这些吗?我听说他被送去的那个地区是没有这种熊的。"

女律师坚定地说:"'环形正义'已经证明这是在浪费时间了。该是柯尔面对真实结果的时候了。"她把羽毛交还给守护员。

守护员用手指头抚过羽毛让它平顺,像是修复环形会所遭受的伤害一样。然后,她问艾德温:"请问你有什么要跟我们分享吗?"

艾德温点了点头,"我能不能要求柯尔帮我做个示范?"守护员点点头。艾德温便起身走到房间的空旷处,并示意柯尔跟着他。所有的目光都跟随着他们移动。

"好。"艾德温开始了,"让我们把这条线当作生命。"他指着地板上一条横跨房间的裂缝说。他把柯尔安置在一边,自己站在另一边,"柯尔和我要一起走这条线,就像是一起经历生命一样。这条线代表着一条我希望柯尔离开的糟糕路径。我有两种方法让他离开。"

他们一起往前走的时候,艾德温开始往柯尔身上靠。柯尔下意识地把他推了回去。他们前进时,越来越用力地往对方身上推挤。不久,两个人都陷入挣扎。抵达终点线时,艾德温只成功地把柯尔推离那条线几十厘米。

柯尔用力地喘着粗气,用怀疑的眼神看着艾德温。

"好,让我们往反方向走,试试用不同的方式做同样的事。"

柯尔转身的时候,艾德温突然冲向他,用力地推他。这一推把柯尔送到离这条线好几米远的地方,跌了个四脚朝天。柯尔惊愕地爬起来,艾德温伸出手拉他起来。柯尔努力压抑着追打艾德温的冲动。"你竟趁我没有防备的时候偷袭我!"他说。

艾德温轻轻地笑着说:"没错,生命就是如此。"他转身面向大家,"人们因两种方式而改变——一是缓慢而持续的压力,二是单一且突然的外部伤害。那就是为什么人们在有过濒临死亡的经历后常会有巨大改变的原因。我相信在岛上发生了某件对柯尔有重要意义的事。六个月前,在刚才那样的推搡之后,他肯定会翻身从地板上跳起来。"

艾德温停顿了一下,用粗糙的手揉了揉有胡楂的脸颊,"或许人们不会在一夕之间完全改变,可是我确信他们会在一夕之间转变方向。面朝新的方向就是开始崭新旅程的第一步。"

守护员问:"我们要怎么确定柯尔已经找到了新方向?我们早听过这种论调了。他还说看到一只白熊。这难道不是他仍对我们说谎的证明吗?"

回到环形会圆圈中的时候,艾德温转头面对柯尔,"你看到了一只灵熊吗?"

柯尔想了一下。他可以说谎,让他们相信他,或者他可以说出实话,让他们认为他还在说谎。

艾德温说:"你不需要思考事实。"

"我看到一只灵熊,而且我还摸了它。"柯尔脱口而出。

艾德温的嘴角拉起一个浅浅的微笑。

"你看,证明了吧。"彼得的律师在手上没有羽毛的时候照样大声说话,"这该是环形会最后一次坐在这里聆听谎言了。"

艾德温说话了:"三个星期前,一艘渔船回到德瑞克,船员声称他们在流放柯尔的岛屿附近看到了一只白熊。要不是伯尼说的话,我也许会质疑这个说法。"

"伯尼是谁?"守护员问。

艾德温挥了挥手,"他只是我的一个朋友。我认识他一辈子了,他不是会说谎的人。"

"我不在乎是否有一只黑熊、白熊或者是黄色带着绿圆点的熊。"彼得的律师说,"重要的是柯尔违背了他跟环形会的约定,现在该是他付出代价的时候了。我们一次又一次地给他机会,也告诉他,他必须面对自己造成的后果。"那律师突然提高声调,像是在吼叫:"他再也没有机会了!"

柯尔缓慢地呼吸着。他觉得不管发生什么事，他现在都坚强到能够面对，也坚强到不去责怪任何人。他承认他不再控制一切，也知道要说实话。不过，他能不能控制自己的愤怒呢？现在，愤怒在他胸中燃烧。

守护员严厉地说："我们没办法再建一座小木屋，再买一些补给品，当作什么事也没发生过一样。'环形正义'不是盲目的，它要让人学会承担责任。"

"我们为什么不送他去迪士尼乐园一年呢？"彼得的律师挖苦地说。

"这一次没有免费午餐了。"艾德温说，"如果我们送他回岛上，柯尔需要建造他自己的木屋，卖掉他自己的东西来购买补给品。这比以前更不容易。"

守护员无可奈何地说："我们无法得知柯尔是不是已经克服了他的愤怒。"

柯尔示意要拿羽毛，"我知道我曾经有过一次机会，但被我自己搞砸了，所以我并不期待能回到岛上。"他摇了摇头，"艾德温有一次告诉我，愤怒永远不会被遗忘。他说对了。当我被撕伤的时候，我并没有克服我的愤怒。我依旧感受得到愤怒，即使是现在坐在这张椅子上。可是我也学到了，更坚强的人才能开口要求帮忙，开口说实话。当我说我看到一只灵熊的时候，我是在说实话。"

接下来的一周，柯尔都在为那无法避免的结果做心理准备。他想象自己参加审判后听到的判决——有罪。他想象戴着手铐被带出法庭,接着被关进真正的牢房里。最难受的是想象自己被关起来,日复一日,周复一周,月复一月……

柯尔在做心理准备的同时,也做运动。每天早晚,柯尔都躺在小床上很长一段时间,摇晃手臂和腿,弓起背,伸展四肢让身体保持不僵硬。中午,他会在公共活动区练举重。他发现自己越来越强壮,而且察觉到有生气的念头时,他就做运动做到变成一个汗流浃背的疯子,让疼痛的关节带走他的思绪,直到筋疲力尽。然而,没有一种运动能够把力气带回柯尔的右手臂,它最多只能举起一件衬衫而已。

葛维在第二次会议后对柯尔解释说,环形会要在柯尔不出席的情况下继续开会。他不肯说出原因,可是他说艾德温仍会留在明尼阿波利斯参加会议。

之后的两个星期里,艾德温来探访过他几次。他不多说话,只是像别人盯着棋盘研究下一步该怎么走一样观察着柯尔。他会提出尖锐的问题却不解释原因。每次探访完,他不说再见就离开。他唯一含糊说过的话是:"我该走了。"

有一天,纳森尼·布莱伍出乎意料地来看他,宣布说他不再是柯尔的律师了。柯尔的爸爸拒绝支付法律费用,所以现在会有个法律援助律师帮他。仅仅两天后,葛维和艾德温就一起来看他。他们坐在柯尔的床上看着他。

"你们在看什么?"柯尔问。

"你觉得你改变了?"艾德温咕哝着。

"有什么差别吗?"柯尔问,他低头看着脚,"我是觉得我不同了。"

葛维问:"怎么说?"

"这很难解释。"柯尔说。

"你最好尝试一下。"艾德温的语气没有商量的余地。

柯尔不再努力用理智思考答案,只凭感觉回答:"受伤后,每次想到我要死了,就觉得自己像是一株植物,丝毫也不重要。我不知道我为什么存在。这让我很害怕。我知道这没什么道理。可是当我察觉到自己要死了,竟发现我从来没有真正活过。没有人相信我。我从来没爱过任何人,也没有人真的爱过我。"

艾德温跟葛维交换了一个眼神。"那么,是什么改变这一切的?"葛维问。

"我不知道。"柯尔说着,情绪从内心深处涌出,"我真的不知道。我只知道我爸不会跟我说抱歉。即使他说了,也无法改变他做过的事。他带不走留给我的记忆。"

"所以,你觉得这都是他的错?"艾德温问。

"不是。"柯尔说,声音颤抖着,"妈妈说他的爸妈也揍他。我不知道这些愤怒从哪儿来的。我只知道我根本不想生了小孩之后揍他。"柯尔擦了擦眼睛。

"你凭什么认为你比你的爸爸或他的父母还要好?"葛维问。

柯尔说:"我没有更好。我更糟。我爸爸从来没去坐牢。"

"只是还没有。"葛维说,"那么如果你比较糟,你凭什么认为事情会因为你而不同?"

柯尔努力压抑着自己的情绪,"或许不会。或许我永远不会改变。我只知道我没有办法解释发生在岛上的事。我从来没有这么害怕过。"艾德温和葛维没有回答,柯尔发现自己被激怒了。"为什么问这些问题？"他问,"你们只是在浪费自己的时间。"

"是吗？"艾德温问。

柯尔强忍住模糊视线的泪水。"你们两个是唯一关心我的人。"他脱口而出,"不是说我不感谢你们的努力,可是我搞砸了每件事。我要坐牢了,你们看不出来吗？为什么你们就不能不要管我,不要再浪费时间？"

葛维用力清清喉咙,揉揉脖子说:"艾德温跟我大概是世界上两个最大的笨蛋。"

"也许我们是把自己的过去记得太牢了。"艾德温补充说。

"我们还是相信你,而且觉得还有希望。"葛维说,"基于这个理由,我们强出头帮你争取,脖子抻得快像长颈鹿一样长了。昨天晚上我们说服环形会释放你,由我们来监禁你。"

"你们来监禁我？是什么意思？"柯尔问。

"你要回岛上去。"艾德温说。

第十六章　热狗就是全世界

随着小岛的影像逐渐进入视线,柯尔的心跳加速着。上一次他踏上这段旅途是秋天。那时,他一直戴着手铐,还险些丢掉性命。如今,春寒料峭,他不禁打起寒战。坐在柯尔后面的是葛维和艾德温,他们互相开着玩笑,手紧抓艇边以保持平衡。从一小时前他们离开德瑞克开始,浪涛就一直随风起伏翻腾。柯尔回头看去。离艾德温第一次宣布这次返回岛上的行程已经一个月了,而且他说到做到,坚持这第二次流放的每一分费用都要靠在明尼阿波利斯拍卖柯尔自己的东西来筹集。他要保证即使柯尔浪费了这次机会,也不会用到其他人一分钱。

这点让柯尔很生气,他看着他的运动器材,包括越野自行车、雪车、滑雪板,甚至还有安全帽,在报纸刊登广告后,都像垃圾一样从车库拍卖会上卖掉了。他在小艇的位子上扭动着。他再也不担心那场拍卖了。如果他现在把事情搞砸,他失去的可能比一台雪车还要多。

当小艇旋转着准备进入海湾时,柯尔感到莫名的兴奋。他扫视着长满林木的斜坡,低垂阴郁的天空让森林变得跟他记忆中一样可怕。灵熊还在那儿,像鬼魂般潜行在茂密的云杉下吗?

想到那只巨大的动物，柯尔的脊背抖了起来。当船接近岸边时，他还在凝望着那片树林。

艾德温发号施令："跳出来，不要让船头撞上那些石头。"

柯尔移动双脚，顺从地跳到深及臀部的水里。冰冷的感觉让他的呼吸急促了起来，他记起当时想从小岛逃跑的企图，那段游泳的经历现在想来像是另一个梦魇。他一定是疯了。

小海湾被风掀起了大浪，柯尔奋力稳住起伏不停的小艇。不能灵活使用右手让他备感辛苦。葛维跳到另一边的水里，帮忙引导小艇到浅水区。接着，柯尔努力稳住船头，艾德温把带来的生活必需品移到岸上。先前，一艘大船已经送来了一些建筑材料。

小艇清空后，艾德温走进水里，三个人一起把小艇拖出水面，拖过石头，放在涨潮线上方。

"试试从这水里游走吧，它会要你性命的。"艾德温警告柯尔。

"我不会逃跑的。"柯尔说着穿上鞋子。他的双脚已经被水浸得失去了知觉。

"我们等着瞧，是吧？"艾德温说。

"我们要先做什么？"柯尔询问着，看了看那边成堆的建筑材料。

"我们什么也不做。"葛维说，"现在都看你的了。我跟艾德温会留在这里几天，直到你建好住所为止。有问题很欢迎你问，可是现在是你当家管事，你要证明你的承诺。先生火，再来搭帐篷。"说着,葛维和艾德温往海岸走去。葛维回头喊:"两个小时后准备好晚餐!"

柯尔站着,看到小艇就搁在那儿。如果他想逃跑,现在正是最好的时机。他摇摇头。这一次他会留下来。他开始在岸边寻找木柴。

两个小时后,那两个人回来了,发现柯尔还在搭帐篷。"为什么晚餐还没准备好?"艾德温问。

柯尔走到一个破旧的塑料冷藏箱旁,拿出生热狗。"那个……在这儿。"看到两个男人的脸拉了下来,他加了一句,"你们应该很高兴我没趁你们不在的时候坐船走。"

"那不过是个骗局。"艾德温说。

"什么意思?"

艾德温把手伸进夹克口袋,拿出一个火花塞,"引擎没有火花塞没办法运转。"

"你不相信我?"柯尔说。

"没错。"艾德温说,"我和葛维相信你有潜力,可是你还没完全赢得我们的信任。不企图坐小艇逃跑是成功的第一步。"

"如果我什么吃的也不做的话,你们两个会怎么办?"柯尔边带着幽默的微笑询问,边把细树枝削尖当作热狗棍。

葛维蹲在火边,手伸到火苗上取暖,"首先,我们会挨饿。然后,我们会把你带回明尼阿波利斯。"

"我弄不弄热狗有这么重要吗?"柯尔问,"又不是世界末日。"

"热狗就是全世界。"葛维说。

"什么意思？"

"你继续做，吃了热狗我再给你解释。"

柯尔用树枝插了一只生热狗，放在火上烤。他这时才意识到自己有多饿，所以干脆把热狗放进火焰里，好快点儿熟。这期间，艾德温和葛维一直耐心地看着。热狗烤焦了，柯尔把它放在面包上，"然后呢？"

"吃掉它。"

柯尔挤了一团番茄酱在热狗上，狼吞虎咽地把它吃掉了。艾德温和葛维依旧看着。

柯尔边吃边说："我吃掉热狗了，接下来呢？"

"味道怎么样？"葛维问。

柯尔耸耸肩，"还可以。为什么这么问？"

"热狗做的正是你要求它做的。你要它喂饱你，它就喂饱你，不多也不少。"葛维伸出手，"给我一只热狗。"

柯尔从冷藏箱里又拿出一只热狗，隔着火焰递给他。葛维小心翼翼地把热狗拿在手上检查，"这是一只不错的热狗，是我这一整天看到的最好的东西。"他小心地把树枝插上，然后开始哼歌。不久，艾德温也跟着哼了起来。他们反复哼着同样的旋律达十分钟之久。这期间，葛维耐心地在木炭上方转动着热狗，小心不让它烧焦。最后，当热狗闪闪发光、呈酥脆的褐色时，葛维把它从火上拉了回来。"我们哼的是一首友谊之歌。"他解释道。

"歌词是什么？"柯尔问。

"没有歌词,每个人自己编。那就是友谊。"葛维说话的时候,仔细地在冷藏箱里找东西,他拿出了盐、胡椒、奶酪、盘子、杯子,以及一个西红柿。他把面包放在靠近木炭的石头上,稍微烤了一下,然后包在热狗外。

"你到底是要吃,还是要玩?"柯尔问。

葛维笑着,在盘子上把热狗切成三块,轻轻撒了盐和胡椒。然后他切了几片奶酪和西红柿放在上面,又以特别的手法加上了一小圈番茄酱。最后,他倒了三杯水,一杯给柯尔,一杯给艾德温。"为友谊干杯。"他说着,举起玻璃杯。喝了一口后,他递给柯尔和艾德温一人一块他做好的热狗。

柯尔说:"那是你的热狗。"

"没错,是我的,但是我选择分享。"葛维说。他开始吃热狗,仔细品尝每一口。"慢慢吃。"他说着,再次举起杯子,"这是为了未来。"每咬一口,他就举起杯子一次,为不一样的理由干杯祝贺:"这是为了健康。""这是为了阳光和雨水。""这是为了土地与天空。"

三个人都吃完以后,葛维转向柯尔,"我的热狗跟你的有什么不同?"

柯尔耸耸肩,"你把你的跟我们分享,而且表现得好像那是一件大事。"

葛维点点头,"没错,那的确是件大事。那是一个宴会,一顿大餐,是分享和庆祝。因为我把它变成那样。你的只是食物,是你选择让它变成的东西。生命就是只热狗,你要它变成什么样,它就成什么样。我建议你把你在这岛上的时间变成一场庆典。"

柯尔用鞋子来回摩擦脚下的尘土,"有什么好庆祝的?"

"你自己发现吧!"艾德温说,"庆祝你活着!"

第十七章　池塘

　　睡觉之前,艾德温示范怎样把装新鲜食物的冷藏箱吊在高枝上,以免晚上有熊来造访。"明天晚上我们要跳舞。"他说。

　　"跳舞？什么意思？"柯尔问。

　　"我们要生一堆火,然后把我们的感情跳出来。"

　　艾德温没有多加解释,柯尔也就不再追问。可是在艾德温与葛维入睡很久后,柯尔还清醒地躺在帐篷里倾听他们深沉规律的呼吸。坚硬的地面弄痛了他的臀部和手臂。外面,风使劲吹过树梢,树林深处传来一根树枝断裂的声音。有关灵熊的记忆闪过柯尔心头。那只熊还在外面吗？它在生气吗？还是它只是好奇？

　　柯尔努力要入睡,可是混乱的思绪缠扰着他。妈妈现在在做什么？她想念他吗？那爸爸呢？除了自己他还会在意别的事吗？柯尔想起他之前惹出的所有麻烦。他想着艾德温,想着葛维,想着彼得。他真的希望彼得没事。

　　柯尔翻来覆去时,发现自己又生气了。他企图以触摸灵熊的回忆来对抗熟悉的愤怒,可是似乎没有东西能够抚平他心头的痛苦。艾德温说愤怒永远不会被遗忘,他说得没错。

柯尔想到过去，也想到未来。明天，他会在艾德温和葛维的注视下开始建造住所。即使他有一只残疾的手臂，他还是得承担所有的工作，而他们会像今天一样闲适地坐在附近。接下来呢？他们离开后会发生什么事？柯尔想象着寒冷、雨水、体力劳动和做不完的学校功课，还有很长时间一个人生活的孤独。那有什么值得庆祝的？

柯尔的愤怒像是卡住的磁带一样不断重复，直到他终于进入烦躁不安的睡梦中。几乎同时，一只手把他摇醒。"快起来，跟我来。"艾德温嘟哝着。

"几点了？"柯尔发着牢骚，头依旧昏昏沉沉的，"去哪儿？"

"快点！"艾德温命令道，"快要清晨了。"

柯尔爬出睡袋，笨拙地穿上衬衫和裤子。冰冷的空气让他的衣服变得硬邦邦的。他战抖着爬出来，站在寒冷而清新的空气里，听到葛维还在大声打鼾。柯尔开始穿网球鞋时，黎明微弱的曙光在树木上方显露，星星逐渐黯淡下来。艾德温对他说："穿这双。"他说着，拿出一双长筒靴，"除了在营地附近，网球鞋在这里没有用处。"

艾德温探头出去的时候，柯尔还在穿第二只鞋。"走吧，我们得赶在太阳出来之前。"艾德温说着，开始以轻快的步伐前进，他的肩上挂着一小袋东西。

"什么事那么重要？"柯尔问。他跛着脚赶过去，僵硬的关节隐隐作痛。

"清晨时光要好好把握。"

他们抵达溪边时,艾德温沉重地呼吸着。他的大肚子说明他不常锻炼。他没有停下来,而是走进小溪,以避开茂密的树丛。他谨慎地顺着滑溜的溪底选择落脚处,往上游的方向走。柯尔跟着他,在逐渐晴朗的日光中前进,脚下溅起阵阵水花。

"昨晚你一直翻来覆去。"艾德温说。

"对,我睡不着。"

"为什么?"

柯尔没办法立刻回答。"想事情。"他说。艾德温没有回答,柯尔又补上一句:"我一直在想事情,没办法停下来,就好像嚼一块很硬的肉,吞不下去,也吐不出来,只能一直不断地嚼。"

"想这些让你生气,对不对?"

柯尔点了点头,"我一直生气,停不下来。即使是现在,我仍在生气。"

艾德温在一道很长的岩坡旁停下来,那道坡在他们右上方延伸了好几十米。在他们左边,小溪变宽了,成了一泓既广阔又平静、如水晶般清澈的池塘。上游大约几百米处,溪流流经峡谷,注了进来。"我们来游泳。"艾德温把他那一小包东西丢在地上,匆匆脱去夹克和衬衫。

"你疯了吗?"柯尔大叫,"那里冰得很!"

"相信我。"艾德温说。

"相信什么?送掉我们两个的命?"

艾德温继续说:"要被人信任,首先要信任别人。"他弯下腰捡起一根细树枝。

艾德温进入干净的池塘时,柯尔小心翼翼地看着那根枝条。他迟疑地脱掉衣服,再看看艾德温。艾德温已经游过去,坐在池塘那深及胸口的石头边了。他闭着眼睛,耐心地握着那根小树枝,从容不迫地呼吸,好像没有感受到寒气一样。

柯尔慢慢地踏进去,当冰冷的水升到胸口时,他忍不住大口地喘气。他游了最后五六米后,屏住呼吸。"天哪!好冷!"他游向艾德温,坐在水底的石头上时,大声叫着。

艾德温依旧静止不动,闭着眼睛。

柯尔把手臂抱在胸前,牙齿咯咯作响。水几乎盖过了他的肩膀。他觉得自己既愚蠢又脆弱。他在距家遥远的蛮荒地带,跟一个拿着树枝、怪异的特林基特人一起坐在冻死人的池塘里做什么?"拿着树枝要做什么?"他大声问。

艾德温睁开眼睛,像刚从睡梦中醒来一样。他平静地举起树枝。"这根树枝的右端是你的快乐,左端是你的愤怒。"艾德温说着,把树枝交给柯尔,"把左端折断,拿掉你的愤怒。"

柯尔颤抖着握住树枝,折断一端。

艾德温摇摇头,"你折断了一个左端,还有一个左端。继续,再把它折断。"

柯尔再次折断树枝,艾德温又摇摇头,"为什么我要求你把左端折掉,你却一直留着呢?"

"这太蠢了。"柯尔抱怨,"左端一直存在。"

艾德温点头,"人们花大半辈子折断他们的树枝,想要丢掉愤怒,可是愤怒仍然存留着,所以他们以为自己失败了。"

"如果我根本没有办法丢掉我的愤怒，为什么还要尝试呢？"柯尔问。

艾德温伸手从柯尔手里拿走剩下的树枝。他抬头看着日出，手指玩弄着树枝。初升的阳光开始温暖地照在树梢。然后，他回头看着另一边的地平面，那儿簇拥着暗黑的乌云。他挥挥树枝，问："天气会是晴朗的，还是暴风雨快来了？"

柯尔两边都看了看，耸耸肩说："看你怎么想。"

"如果你只看到乌云，你会怎么说？"

"暴风雨快来了。"

"没错。如果你看着日出那边，你会怎么说？"

柯尔的身体已经因为冰冷的水而渐渐失去了知觉，牙齿控制不住地咯咯作响。他不耐烦地咕哝着："晴朗的。"

艾德温用树枝挥着圆圈，"天空、树枝、热狗、生命，全都一样。你想让它变成什么就是什么。你用心的地方就会成真。每个人内心都存有愤怒，可是也有快乐。老是想着愤怒的人总是愤怒，而想着快乐的人……"

"我没有选择。"柯尔打断他的话，几近绝望地说，"我忍不住。我上床睡觉时，并不想整晚醒着生气。"

"进到这个池塘后，你生气过吗？"

"没有。"柯尔说，"因为我快冻死了。"

艾德温笑了，"我被流放到这座岛时，曾利用这个池塘来去除我的愤怒。它给了……"

"你才说过没办法去除愤怒的。"柯尔争辩着。

"这个池塘给了我选择。我可以把注意力集中在树枝的左端或右端。我也可以把注意力集中在日出的景象或暗黑的云层。这是我的选择。"

"所以,除非我每天早上去某个地方受冻,否则我会一直生气,是吧?"

艾德温微笑着摇了摇头,"你现在只看到树枝的左端、多云的天空是因为你的习惯使然。快乐像愤怒一样,也是一种习惯。你可以每天花一段时间学习变得快乐。不过习惯很难改。这个池塘会帮助你。"

柯尔问:"那冬天时怎么办?"

艾德温皱起前额,"冬天是最难受的。天寒地冻,白天很短,火堆温暖,但溪水刺骨难耐。你会发现自己想要待在屋里火堆旁边,但那里是你的愤怒最容易像魔棒树的刺一样让你痛苦的地方。凝视火焰会让你想起难受的时刻。冬天,你需要找出别的方法看着树枝的右端。"

柯尔觉得自己冻得头晕眼花了,正打算抗议时,艾德温站起身往岸上走。柯尔高兴地跟着。在岸上,艾德温拿出两条毛巾,两个人安静地换衣服。柯尔注意到他的关节已经不再那么僵硬或疼痛了,甚至连他的手臂也觉得好多了。他转向艾德温,"你知道吗?你刚刚告诉我的,比所有学校、少管所的辅导员还有心理专家告诉我的更有道理。"

艾德温用断掉的树枝碰碰柯尔的肩膀,"那是因为那些人以为你可以把树枝的左端去掉。"

第十八章　发现自我

柯尔和艾德温回到营地时,葛维已经起床生火了。他坐在一块木头上喝着咖啡,眺望海湾。他们走近时,葛维转身指着海面,"看,鲸跃出水面了。"

艾德温点点头,"那些是追鲱鱼的座头鲸。每年春天,它们会从夏威夷洄游北上。"

"除了在电视上,我从来没看过鲸。"柯尔说。

"今天晚上我们就来跳鲸舞。"艾德温说。

"有人饿了吗?"柯尔说着,从树上放下冷藏箱。他从食物堆里找到一盒玉米片,又拿了一罐水,然后加了一些奶粉开始吃起来。

艾德温看着柯尔狼吞虎咽的吃相,说:"除了冰冷的玉米片,你也许想再吃别的,以便工作。"

"我通常都吃这个当早餐。如果你们俩想吃别的,自己弄。"

艾德温跟葛维各弄了一碗玉米片。"随便你。你才是工作的人,老大。"葛维说。

"你们不帮忙?"

"我们只做示范。"艾德温说,"每一项工作都要你自己来。"

"可是我坏掉的手不能钉钉子。"

"那就学着用另一只手。"艾德温说,"如果小屋造得好,你就会住得干净而舒服;造得不好,那就……"艾德温耸耸肩,"冬天很长。我帮你盖了上一个栖身之地,而且盖得还不错。所以你做的事伤害到了我。如果你把这间小屋烧了,你只会伤害你自己。"艾德温递了一双皮手套给柯尔,"拿去,它能保护你不长水疱。"

"我或许有只残疾的手臂,可是我不是没用的人。"柯尔说着,把手套放到一边。

"你自己选的。"艾德温说。他开始给柯尔示范该怎么架起木屋的龙骨。

上午的时间过了一半,柯尔已经连接好方形的四根梁,并且放在当成地基的大石头上。他在方形的龙骨上钉了木板,用夹板做了一个长方形平台,大约是他家里房间的大小。他用左手大概挥了十几次才敲得下一根钉子,可是他越敲越好。工作时,他的肚子咕咕叫着要求食物,可是他不承认饿,他不愿在艾德温跟葛维面前承认。那两人坐在火堆附近观察着他并提供意见。每个步骤都要做得精确无比。

柯尔停下来吃午餐时,太阳已经升到头顶了。他生了火,挖出意大利面还有一罐肉酱时,已经饿得半死。他把这些东西放进平底锅,将锅子搁在火中的石头上保持平衡。"为什么小屋的每个部分都要钉这么牢、这么精确?"他问,"我又不是要在这里住一辈子。"

"大概有上万只老鼠希望你把房子盖得松松的。"葛维说。

艾德温朝北方做了个手势,"当冬天的第一场暴风雨以每小时四五十千米的风速吹来时,你就知道为什么了。"

吃完饭,葛维教柯尔怎样在地上铺木板。柯尔的手上已经长出大水疱了。他戴上皮手套,羞怯地对艾德温笑着说:"继续吧,说'我早告诉过你了'。"

"这个岛上容不下自大。"艾德温回答。

过了傍晚,葛维建议休工,柯尔的饥饿感再度折磨着他的肚子。

葛维问:"要不要再来些冷玉米片?"

"很好笑。"柯尔说着从冷藏箱拿出汉堡肉。葛维说:"我们当中有些人一直在工作呢。"柯尔正从发痛、长水疱的手上脱下手套,看见葛维脸上的微笑,不禁恼了。柯尔检视着自己今天的工作成果:四面墙的壁板已经立好了,留了个位置放门,还有一扇小窗户面朝海湾。

柯尔对艾德温和葛维不肯帮忙一直耿耿于怀。他做了三个汉堡,可是刻意只放一个在平底锅上煎。艾德温和葛维看着他吃汉堡。柯尔吃完后,打着哈欠说:"累死我了。你们两个想吃饭的话,那边有汉堡。我要睡了。"

"你必须帮每一个人做饭。"艾德温说,"然后我们还要一起跳舞。"

"还需要我帮你把鞋带绑好吗?"柯尔嘀咕着回到火边,又开始做饭。

"替我们做一顿大餐。"葛维说,"而不只是准备食物。"

柯尔不情愿地做了两个汉堡,并摆上蘑菇、洋葱,以及奶酪。艾德温和葛维进餐的时候,他离开了营地。

晚餐后,柯尔到水边,小心翼翼地用碎石子来清理盘子。他手上的水疱像火烧的一样刺痛。当他回到火边,疲倦地倒在树干残根上时,天已经黑了。

艾德温添了柴,让小火焰变成了明亮的火光。他说:"现在我们来跳舞。"他站起身走近火堆,"我们四周的一切都有力量,比如鲸、熊、狼,以及老鹰等动物。太阳、月亮、四季也有力量。我们心中的快乐和愤怒也有力量。我们能够感受到所有这些力量,跟随它们起舞。它们可以教会我们许多东西。今天我们看见鲸,所以今晚跳鲸舞。我们每一个人都要通过舞蹈来叙述我们从观赏鲸中学到了什么。"

艾德温的双臂在头上拱起,模仿鲸头,他慢慢沿着火堆走,同时上下点着头,像要破浪而出。接着,他夸大动作,低下身子潜水,悠游在虚幻的世界里。十分钟后,他放慢速度,然后坐了下来。

接着,葛维站起来。他以自己的方式开始绕着火堆往上和旁边跳动,模仿鲸跃出水面,表情十分夸张。他沿着火堆一圈又一圈地移动,最后停了下来,坐在火堆边的圆木上休息。他抬头瞧着柯尔,"该你了。"

"我不知道怎么跳。"柯尔说。

"那不是学来的。"艾德温说,"你要去感觉,把自己变成一头鲸,然后学习它教导你的事情。"

柯尔有些羞怯,但他察觉出艾德温语气中的警告,所以他弯下腰以愚蠢的动作移动,假装像鲸一样在海湾里滑行。他开始绕着火堆转,不时地偷瞄艾德温和葛维,想象自己的样子有多笨拙。他很高兴没有学校的人看到这一幕。

他逐渐加速移动,努力想象鲸洄游的样子。柯尔蹲下后又站起来,然后远离火堆,假装火堆是他长途迁徙的终点。在返回火堆途中,他前后跳跃追逐鱼群。接近火堆时,他闭起眼高高跃入空中,落下来时以双手双脚着地。他凝视了一会儿火焰,然后坐下来,用长了水疱的手紧紧抱住肚子。

一阵沉默后,艾德温说:"那头鲸相当优雅、温和。今晚我学到了这些。"

葛维点头说:"那头鲸也很聪明、强壮。这是我从我的舞蹈里学到的。"

漫长的几分钟过去后,葛维问:"柯尔,你从你的舞蹈里学到了什么?"

柯尔一直在思考。"鲸迁徙洄游,可是没有家。"他捡起一根小树枝随手在泥土上画着,"我觉得自己好像鲸。"他轻声说。

又是一阵沉默。葛维站了起来,"今天过得不错。现在该是进睡袋的时候了。"他转身递给柯尔一支药膏。"睡觉之前把这个搽在水疱上。还有,你得放一块防水布盖住木柴,不然早上它们会吸满水分。"

"谢谢。"柯尔说。他转头问艾德温:"愤怒的舞蹈会是什么样子?"

"那是最困难的舞蹈,因为你得面对你自己的愤怒,然后释放它。"

"我们会找一天晚上来跳吗?"柯尔问。

"葛维跟我离开后,你自己跳那支舞。只有在你准备好的时候,你才会跳。"

这晚,柯尔没有失眠,他睡得很沉,只有在岩地上变换姿势时才醒来。第一道曙光出现时,艾德温再次摇醒他。"去水边的时候到了。"他悄悄地说。柯尔从艾德温手边滚开。"我们就不能休息一天吗?"柯尔喃喃着。

艾德温又摇了摇他的肩膀,说:"除非你的愤怒也休息一天才行。"

"为什么葛维不一起去?"柯尔争辩着。

"或许他并不生气。"

"你的意思是,你也在生气吗?"

"我的意思是,如果你不起来的话我会开始生气。"

柯尔发着牢骚,慢吞吞地从温暖的睡袋里爬出来。这个清晨,他的屁股和手臂痛得要命,他差点儿叫出声来。他感觉自己的关节好像变得像水泥一样硬。柯尔看着渐亮的天光,以及持续不断的毛毛雨。上次遭遇这种连雨天时,他在为他的生命奋战。而现在,他即将前往冰冷的池塘游泳,他实在无法相信。

柯尔踏出帐篷,艾德温递给他一件防雨外套。两个人没有说话,在阴暗的黎明中往小溪而去。他们再次进入溪中,涉水而上,直到抵达池塘。艾德温徐徐走到一棵巨大的云杉下,脱掉衣服,"把衣服放在靠近树干的地方保持干燥。"

"如果穿在身上,不碰水的话,衣服会更加干燥。"柯尔边脱衣服边说。没多久,他和艾德温就一起坐在水中的石头上。艾德温没有说一句话。

"我们要在这里坐多久?"柯尔不耐烦地问。

"坐到你的心灵清澈,能在愤怒与快乐之间做选择为止。"

柯尔说:"我今天并不生气,我的头脑很清醒,我现在就有选择了。"

"那么坐到你发麻为止。"艾德温讥讽地说,"这会一次比一次容易。有一天,你自己会想来这里。"

"不会有那么一天的。"柯尔颤抖着抱怨。他觉得自己的皮肤越来越没有知觉,呼吸也冷了下来。艾德温终于站起身,好像有某个看不见的定时器在他脑子里响起来一样。他不慌不忙地回到岸上。

柯尔高兴地跟着他。"我想赶快回去生一堆高高的营火。"用毛巾擦干身体时柯尔说。

"今天早上你要先花时间跟你的祖先见面。"艾德温以不带任何感情的语气说。

"你说什么?"

艾德温没有回答。他穿好衣服,便往池塘边的岩壁走去。他弯腰沿着底部走,在地上找着什么。突然,他停下来,捡起一块保龄球大小的圆形石头。他用手指温柔地抚摸那粗糙的表面,好似他以前曾经碰触过那块石头一样。

柯尔问:"你在做什么?"

"触碰我的祖先。"

"少胡说了。"柯尔说。艾德温把石头交给柯尔。

柯尔问:"我拿这块石头做什么?"

"跟着我做,我会解释。"艾德温开始往崎岖的斜坡上爬,"相信我。"

"我们要走多远?"柯尔问。

艾德温继续往坡上爬。

柯尔边走边抱怨。爬坡的时候,艾德温说话了:"你的生命并不是个意外。几个世代以来,我们的祖先努力奋斗,学习知识,犯下错误——跟你做的事情一样。每个世代都传给下一个世代他们学习到的东西,以及所有他们成为自己的东西。"

走了几十米后,柯尔的右臂由于拿着沉重的石头而隐隐作痛。他停下来往后张望。他们还没走到斜坡的一半。

"假装那块石头是你的祖先。"艾德温说,"假装爬这段坡是你的生命,而你把祖先带在身上——在脑海里、心里,以及灵魂里。如果你留心倾听,你的祖先会从石头里出来,教导你他们在奋斗中吸取的教训。仔细倾听吧!有一天,你会把那些教训传给别人。"

柯尔以疲惫的呻吟声表示感谢,克制着自己不要抱怨。到达坡顶时,他用力地喘着粗气,正准备把石头丢到地上时,艾德温伸手把石头拿走,小心地放下来。他说:"要温柔地对待你的祖先。"

柯尔耸耸肩,"他们是什么？没用的家伙吗？"

艾德温不理会柯尔的话。"我带那块石头上这座山丘好几百次了。"他说。

"就这块石头？"

艾德温点点头。

"你的意思是你也把它带下去？"

艾德温微笑着说:"还有更好的呢。只要这石头放下来,它的意义就改变了。现在,它变成你的愤怒。去吧,把石头滚下山坡,把你的愤怒滚走。"

柯尔蹲下来推了那石头一把。他看着石头往坡下滚。"这恐怕会让祖先们头昏脑涨。"他大笑道。

"想象你的愤怒滚动着离开。"艾德温耐心地说。

柯尔还在笑头晕的祖先们。他无法相信他一路把石头带上来,就只为了再把它推下去。

"你每做这件事一次,就会发现更多意义。"艾德温说,"然后你会学习到尊敬。"

"你这是什么意思？我才不要每天把这块蠢石头带到山坡上来。"

"如果你要继续生气,那就随便你吧。我在你这么大时,发现每天早上游完泳后把那块石头带上来很好。"

柯尔转身面对艾德温,"你凭什么认为你知道什么对我才是有益的事?"

艾德温深深地吸了一口气,"我没有。没有一个人知道。我们都在寻找答案,跟你一样。"

"那为什么你一直告诉我该做什么事?"

艾德温微笑着。"这是整个早上我听到你问的第一个聪明的问题。"他耸耸肩,"也许葛维跟我都想要为我们生命中的错误赎罪。我们没有办法帮助那些被我们伤害的人。"

柯尔说:"这是我的生命,不是你们的。"

"我们应该在水里待久一些才对。"艾德温说着往营地的方向走去。

第十九章　那颗石头

回到营地后,柯尔在疼痛、长水疱的手上涂乳液。就在他戴上皮手套准备开始工作时,某个动静吸引了他的目光。"嘿,你们看!"他大叫着,手指向海湾,"那是一只土狼吗?"

艾德温和葛维抬头看向那沿着海岸移动的像鬼魅一样的物体。艾德温说:"是一只狼,一只大狼。"

那只孤独的灰色动物沿着海岸大步前进,每隔十几步就停下来看看四周,嗅嗅石堆。它到达溪边时,低下头饮水,然后跳过浅浅的急流,消失在茂密的树丛中。

葛维宣布:"今天晚上我们来跳狼舞。"

柯尔已经开始搭屋顶了。他卖力地工作,而且刻意不说话。他并不生气,只是不想说话。艾德温和葛维坐着看他,偶尔提供一些建议。下午过了一半,柯尔已经盖好屋顶的夹板,开始钉壁板上的夹板。每一段切割都得用手锯来完成。雨水使木材变得湿滑,地面也泥泞不堪。

下午稍晚的时候,柯尔把黑色防潮纸钉在屋顶上。现在木屋已经准备好要在屋顶盖上铁皮了。当他吃力地把铁皮举上屋顶时,大风强劲地吹着,把铁皮吹弯了。柯尔朝艾德温和葛维抛出几个求助的眼神,但他们拒绝帮忙。黑夜终于降临海湾,柯尔停止了工作。

"明年,所有你在这里的痕迹都要从岛上移除。"艾德温说,"拆掉这屋子将会是你离开前最后一项困难的工作。"

"我会把它给烧了。"柯尔咕哝着,往帐篷的方向走,"我已经练习过了。"

葛维问:"你要去哪儿?"

"睡觉。"

"没那么快,老大。我们饿了,而且你还没跳狼舞。"

"我累得像只狗,况且我不是你们的奴隶。如果你们需要,那边有冷玉米片。"柯尔说着爬进了绿色的帆布帐篷里。

葛维叫着:"睡个好觉!明天我们就把这屋子拆了,回明尼阿波利斯去。"

柯尔从帐篷口探出头来,"你说什么?"

"你在这里玩儿完了。"葛维说,声音听起来既坚定又不容置疑,"这个岛上没有足够的空间容纳你和你的态度。"

柯尔的思绪奔驰着。葛维一定是在吓唬人。可是如果不是呢?不值得赌这么一场。

柯尔跌跌撞撞地从帐篷里出来,"好啦好啦,我帮你们弄晚餐。"

"这跟晚餐无关。"葛维说,"但跟你心里的芥蒂有关。你还以为生命是一场免费的便车,继续把所有的事怪罪到全世界头上,寻找最简单的方式度过。才两天而已,你的高姿态就回来了。"

柯尔结结巴巴地说："对不起，我不是故意的。"

"不要对我们道歉。"葛维说，"对你自己道歉。你是在背叛你的生命，不是我们的。"

柯尔跨到火堆旁，快速地添柴扇火，一言不发地为艾德温跟葛维准备鸡肉砂锅。虽然他很用心地准备餐点，但他心里并不愉快，他觉得很挫败、很绝望。艾德温和葛维安静地吃着饭。

"我说过我很抱歉。"柯尔说。

"你也说过你已经改变了。"艾德温回答。

"请不要带我回去。"柯尔颤抖着说，"我保证会更努力。我会做好每一件你们要求的事。"

艾德温站起身，隔着火堆面对柯尔，"该是减少损失送你回家的时候了。"

"我说的话不是真心的，我只是……"

艾德温举起手，打断了柯尔，"不要再说那些愚蠢的话了！你的话侮辱了我！那只是空气中的噪声罢了，没有任何意义。明天早上，我要你自己起床去泡水，然后搬运你的祖先上坡，再把你的愤怒滚掉。你回到营地时，我们看看你学到了什么。"艾德温转身往帐篷走去，葛维跟在后面。

"那我们今天不跳狼舞了吗？"柯尔一边把冷藏箱吊在树上一边问。

"我们要去睡了。"葛维说，"你是看到狼的人。你想做什么随便，那是你的工作。"

柯尔一个人留在帐篷外面。雨已经停了,寂寞的风拍打着帐篷门,夜晚的空气冷了起来。柯尔走到水边清洗盘子时,已经累到骨头里。潮水正往外退,他跌了一跤,小腿撞到了石头。

柯尔一瘸一拐地回到营地,站在火边,揉着淤血的腿。他觉得自己像当初被撕伤时那样孤单和郁闷。艾德温与葛维不会懂的。他们不知道孤单是什么滋味,有多可怕。

柯尔凝视着火焰,想起了那只狼。那只狼也是孤单的,没有人关心它。柯尔摇摇头,这并不完全正确。狼时常成群结队地猎食。它们集合在一起比单独一个能完成更多的事。

柯尔发现自己像狼一样蹲着。他慢慢地绕着火堆往前移,头低垂着好似在觅食。他逐渐加快绕圈的速度,假装跟着狼群一起追逐一只受伤的麋鹿。他感受到狼群一起工作的力量。当它们彼此依赖时,狼群是强大的。一只离群的狼会失去其他狼的保护,开始变得虚弱,也不能一起分享食物了。

柯尔几近不情愿地结束了他的舞蹈。他小心翼翼地走进帐篷,免得吵醒其他人。他蹭进睡袋时,一个声音吓了他一跳。

葛维说:"你学到了什么?"

"人需要其他人的帮助,就像狼群一样。"

"晚安。"葛维低声说。

"晚安。"柯尔说。

艾德温咳了咳,"祝你明天泡得舒服。"

那一夜,柯尔时不时地醒来,拨开帐篷门往外瞧,生怕自己睡过头。就在他觉得夜晚似乎永无止境时,黑色终于柔化成昏暗的灰色。等到能看清海湾口的岩石顶端时,他便爬出睡袋。该是去池塘的时候了。

雨已经停了,所以他把衣服卷起来带到帐篷外穿。即使没有下雨,空气仍然很清新。柯尔不敢相信自己这么早起来只是为了要坐在冰冷的水里。牢房也不至于那么糟。从营地出发时,他在想,艾德温和葛维说要把他送回去究竟是不是认真的。他把一颗小石子踢进水里。

柯尔到达溪边时,手臂下夹着毛巾,蹚着水往池塘走。他深陷在思绪里,一根低垂的树枝啪的一声甩在他额头上。他弯下腰,脸痛苦地扭曲着,晕头转向了一阵子,然后继续向前走。

柯尔到池塘后,反而犹豫起来。不泡水或者不扛石头上坡都很简单,回到营地之前他只要编好一套说辞就行了。可是某个东西告诉他,今早不能欺骗艾德温和葛维。他立刻脱下衣服,走进冰冷的水中。池塘不像第一天早上来时那么冷了,可是当他弯腰蹲下时,依旧感到呼吸困难。他屏住呼吸仰身游到对面的石椅。他双臂紧紧抱在胸前坐着,眼睛看着四周的水、树,以及黎明的天空,全身起满了鸡皮疙瘩。他不知道自己能在水里待多久。之前,艾德温都会安静地坐着,就好像是坐在温暖的浴池里。

柯尔试着闭起眼睛,或许这样能帮助他专心在别的事上。他缓慢地用嘴吸进空气,然后用艾德温呼吸的方式呼出去。他一次又一次地呼吸,想要洗涤自己的心灵。渐渐地,他不再抱着胸口,而是让手臂从身体漂了出去,直到双臂浮在水中。

柯尔发现如果完全静止不动地坐着,他没有知觉的皮肤其实感受得到温暖。他从容不迫地呼吸,想象自己跟池塘一样平静。他慢慢睁开双眼,看到水面映照出天色,飘动的云朵随着日出闪耀着红光。

水面倒影的一阵晃动让柯尔下意识地抬头往上看,但他马上知道那是一条鱼在他膝盖附近徘徊。他屏住呼吸,看着那条银色的鱼,不知道这条鳟鱼当早餐的味道会怎么样?

就在他想着吃鱼的一刹那,鱼游开不见了。他放松呼吸。是他动了惊吓到鱼吗?还是他的思绪泄露了他的行踪?鱼当然感觉不到他的想法。

当柯尔再次呼吸时,他注意到他的气息变得清凉,好像含着薄荷糖一样。他也注意到自己的关节在水里不会疼痛,他甚至感受不到双手上水疱的痛感。他仅有的思绪似乎离他很远。冰冷的水不知怎么竟让他的身体好像完全不存在了。

柯尔终于离开了池塘,并不是因为他觉得冷或不耐烦,而是因为他已经结束泡水的程序了。他往前漂,直到可以仰泳为止,他的动作几乎没有打破平静的水面。

上了岸,柯尔用毛巾擦干身体。他觉得自己发现了某个东西,可又不确定那是什么。他只是坐在冰冷的水里努力不去思考,而这简单的举动却让他感觉如此平静。

穿上衣服后,柯尔走到艾德温那颗祖先石前一天滚下来的地方。他身体太冷,所以不能灵活移动,可是关节并不像早上爬出帐篷时那样疼痛。举起石头之前,他停了一下,慢慢地伸展身体——摸摸脚趾,向上伸展,扭扭腰,再往后仰。这期间,他一直保持深呼吸。深呼吸似乎让他的思绪慢了下来,并且平静。柯尔很纳闷儿艾德温是怎么发现这个的。

柯尔继续伸展四肢,然后抬起石头往山坡走去。他不急冲也不偷懒,不慌不忙地行动,努力不往前看自己还剩多少路要走。他把每一步都想象成自己生命中的每一天。

他将每次跌倒想象成自己生命中磕磕绊绊的一天。他有很多这种日子可以回想。当他停下来喘气时,他会回头看看自己走了多远。从他把彼得的头往人行道上撞击那一刻算起,他已经走了很长一段路。现在看起来那像是另一个人生似的。柯尔不知道那一刻所造成的后果究竟会不会消失。

当柯尔看着手上的石头时,他的脸扭曲了。他不想在牢房里度过一生。他把那颗石头紧紧地抱在胸前。他一直都是个笨蛋!其实,事情是可以不一样的。

柯尔在山坡顶上温柔地把石头放到地上,久久没有推它。他没办法不去思考为什么他会被生出来,还有到目前为止所有发生在他身上的种种转折。他独自站在这个遍布岩石的山坡边,脚边还有颗圆石头,这看起来像是个奇怪的梦境。他的心里充满了和以前在明尼阿波利斯街上跑来跑去时完全不一样的思绪。他觉得自己像是一个不同以往的全新的人。

柯尔慢慢地让他的祖先石离开,让那颗石头变成他的愤怒。他知道他得停止因为自己的问题而怪罪他人,其中包括他的爸爸。只要他还怪罪别人,他的愤怒就会存留着。他必须让它离开,就像让这颗石头离开一样。想到这里,柯尔蹲下身,双手放在石头上用力地把它推下斜坡。

石头越滚越快,柯尔觉得他的身体也随之变得更轻了。当石头撞到底部停下来时,他觉得自己好像能飞了。现在该是回营地跟葛维和艾德温谈的时候了。

柯尔开始往下走,眼睛注视着前面的池塘。他发现一个动静,然后看到一个巨大的白色物体消失在下方的树林里。

第二十章　灵熊舞

柯尔的心怦怦跳着。他看到灵熊了吗？岛上还有什么大而白的动物？他跌跌撞撞地走下岩坡时，思绪飞快地转着。他要告诉艾德温和葛维刚刚看到灵熊吗？他们正在气头上，会以为他又编了一个故事。

柯尔回到营地时，艾德温和葛维坐在火堆旁喝着热咖啡。他走过去，拉了一块浮木坐上去。一阵尴尬的沉默后，柯尔知道他得说些什么了。"我知道我的态度不对，可是我希望你们知道我很抱歉。"他暂停了一会儿，"今天早上搬运石头时，我领悟到除非我不再怪罪别人，否则我就永远不能克服我的愤怒。那就是为什么过去两天我生气的原因——我还在怪你们两个。"

艾德温与葛维交换了眼神。"那么，什么事让你这个早上变得不一样？"葛维问。

柯尔咬住嘴唇。"我发现我不是坏人。没有人是。"他说，"人只有在害怕时才做坏事。有时候，人们企图靠着互相伤害来弄清真相。"柯尔凝视着火焰，"我讨厌爸爸的行为，可是他一定跟我一样害怕。他也不想发脾气，但他想不出更好的方法。"

"我很高兴你看出了这一点。"艾德温说，"可是我们怎么知道你不是又在骗我们？你只想要我们相信你已经改变了？"

"你们不相信没关系。"柯尔说，"带我回明尼阿波利斯也没关系。"说话的时候，他注意到木柴堆上的塑料防潮布被吹了起来，便走过去把它塞好。

"既然要回明尼阿波利斯，你干吗还把木头盖起来？"艾德温问。

柯尔咧嘴笑着说："说不定你们会改变主意。"

艾德温朝小屋那边做了个手势，"那么，以防万一，你最好把木屋盖完。"

柯尔想告诉他们更多他今天早上学到的东西，不过他只脱口说出"谢谢"二字，便冲过去继续建造小屋。

"没关系？得了吧。"艾德温咕哝着。

柯尔笑着，穿上网球鞋，戴上手套，拿起铁锤。一整天他都很努力地工作。黄昏前，他已经弄好屋顶，装起了一扇窗户的框架。他也做了一扇厚重的门，安好了金属合页。他用螺丝拴上一支他在溪边找到的鹿角当门把手。他把门打穿一个洞，这样插锁才能从两头锁起来。剩下来的工作就是装小型暖气炉了。

柯尔脸上闪着得意的光芒，欣赏着自己的杰作，"你们觉得如何？"

艾德温和葛维离开火堆边的位子，绕着小木屋仔细检查。

"厨房一定要保持得很干净。"葛维说，"一只下定决心的灰熊不需要开门就可以进来。"

"冬天到来之前你还要填补一些缝隙，让屋子更牢固。"葛维说。

"我知道,可是我是不是造了一间还不错的木屋呢?"柯尔热切地问。

艾德温与葛维都笑了。"对一个不在乎要不要留下来的人来说,还不差。"葛维眨眨眼说。

"应该不会垮。"艾德温认可地说,"明天我给你示范怎么穿过屋顶立好火炉的烟囱,然后我们就要走了。你有一整个夏天来造家具。"

柯尔的四肢疲倦得发痛,在准备晚餐时,他努力忍住不打哈欠。既然这是和艾德温与葛维共进的最后一餐,他得好好准备。他煮了意大利面,加进炒过的洋葱和青椒。熬煮酱汁时,他还做了一些小饼干。他用一小块屋顶上的铁皮立在火堆边当炉子,以热反射烤饼干。

"这个花招你从哪儿学来的?"葛维问。

柯尔耸耸肩,"我想也许能用。"他把剩下的木板拿过来,放在木头上架成一张矮桌。柯尔边努力想着怎样让这一餐变得特别,边往帐篷走去。他找到那条婀图,把它像桌巾一样铺在木板上。然后,他仔细翻找日用品,找出一根可以放在矮桌正中央的蜡烛。"饭做好了!"他宣布,"我们有一顿大餐。"

进餐时,冷飕飕的风不断吹熄蜡烛,柯尔只好走回小屋拿来提灯的玻璃架罩住蜡烛。"这顿饭需要一根蜡烛。"他大声说。

吃完意大利面及饼干后,他从日用品盒子里拿出巧克力棒,"虽然不很高级,可这是我最喜欢的。你们可以闭上眼睛慢慢品尝,假装它们是从某家高级餐厅来的甜点。"

葛维说:"这一餐很好。"

艾德温也点点头,"食物很不错。那么,告诉我,今晚我们跳什么舞?"

"灵熊舞怎么样?"柯尔说。

艾德温疑惑地看着他,"你今天看到了灵熊?"

柯尔犹豫了一下,"我看到某个又大又白的东西消失在池塘旁边的树林里。"

"那是灵熊吗?"

柯尔渴望说实话。他点点头。

"发生那件事之后,你害不害怕单独一个人跟那只熊在这里?"

柯尔摇了摇头,"我不怕熊,但我害怕自己一个人。"他看着艾德温,"你以前在这里时,有什么感觉?"

艾德温盯着火堆发呆,回忆慢慢出现在脑海中,"最初,我深受孤单之苦。可是随着时间过去,我觉得内心很平静。"

三个人没再多说话,只是出神地坐着,凝视着火焰直到黑夜降临。终于,艾德温抬头看了看漆黑的天空。"今晚很适合跳灵熊舞。"他对柯尔说,"你先吗?"

"我需要想一想。"

艾德温摇摇头,"跳舞的时候,是你的内心和灵魂在对话。你不需要思考。如果你看到过灵熊,你就先跳。"

柯尔犹豫地站起来。

"我们村子跳舞的时候,总会击鼓。"艾德温说,"你要我给你配段节奏吗?"

柯尔耸耸肩,"好,都可以。"

艾德温离开火堆,回来时手中多了两块短短的浮木。他坐下来开始用空心拳敲打木块,就好像在打鼓。节奏一传出,柯尔便开始移动。他跳出第一次来到岛上的故事。他靠近火焰,然后离开,消失在黑暗中,现身后又再度消失。每一次重新现身时,他就离火堆越近,好像威胁着要攻击艾德温和葛维一样。他的动作像鬼魅一般。

然后,他突然在火堆旁扑倒,抓挠,踢打着。在他心里,他又经历了那次被灵熊攻击的伤痛。他紧抓小树枝,把它们像骨头一样折断。他在地上痛苦地扭曲着,耳中传来艾德温催眠似的节奏。柯尔抬起头朝黑暗中吐出口水,然后假装舔起口水。最后,他伸出手触摸灵熊,抚摸的姿势维持了很长一段时间。之后,他站起来,神气地走进黑暗中。

柯尔回到火堆边,坐了下来。

艾德温把木块交给柯尔,"跳得不错。现在你来打节奏。"

柯尔一开始很不自然地敲着木块,发出规律的节奏,感觉像是他自己的心跳。艾德温开始跳舞。他神气地绕着火堆迈开大步,嗅着空气。慢慢地,他走到柯尔和葛维身后。他们转头去看他,他便退开。他一次又一次地重复着这个动作,直到他们不再转头看他。然后,他走上前跪在他们面前,结束了他的舞蹈。

轮到葛维的时候,柯尔继续敲打木头。葛维从躺在地上开始,像在火边睡觉一样,而后慢慢苏醒,坐起来。他揉揉肚子,舔舔嘴唇,表示他很饿。然后,他起身绕着火堆移动,从想象中的灌木丛里吃树莓,还从想象中的溪流里抓鱼。几分钟后,他挺着肚子搔了搔,表示吃饱了。

柯尔忍不住微笑。这就是他在明尼阿波利斯时很讨厌的那个人。他怎么会讨厌他呢?

葛维带着惊讶的表情转圈,时不时看看艾德温和柯尔。他开始徘徊,前前后后,越移越近。他看着柯尔,把手指头竖在嘴唇上。柯尔不敲鼓了。寂静中,葛维往前移动,然后在距离他们不到三十厘米远的地方停下。他安静地弯下腰,像是要摸脚趾,接着……"砰!"他大叫一声跳起来,展开两只手臂。

艾德温坐的木头倒了,他吓了一跳,翻了过去。柯尔也险些被呛到。葛维笑得很用力,眼泪从脸颊上滚了下来。他说:"跳舞不必太正经,跳舞也可以很好玩儿,也可以用来庆祝。"

"你这笨蛋!"柯尔笑着说。当他恢复平静后,他又一次咧开了嘴,"我了解你们两个的舞。"

"我们也懂你的。"葛维说。

三个人再一次看着火焰,陷入了思考。最后,艾德温站起来,说:"睡觉吧。明天是新旅程的开始。"

第二天早上柯尔要去池塘时,艾德温和葛维也起来了。"介意我们跟你去吗?"葛维问,好像需要许可一样。

"那太好了。"柯尔说。

黎明中,这三个人排成一列出发。虽然柯尔只去过池塘三次,但他却很神气地在前面带路。他们抵达目的地后,柯尔毫不犹豫地脱下衣服,直接走进冰冷的水中。他发现水深及胸时,深呼吸就不会喘不过气。

艾德温和葛维踏入水中时,他已经到达石头那儿了。艾德温的表现很正常,但葛维就没办法适应冰水了。"现在我知道你们两个为什么每天早上要到这里来了。"他气喘吁吁地说。

柯尔说:"习惯了也就没什么了。"

"我没办法常到这里来体验,真是太糟糕了。"葛维开玩笑地说。

三个人安静地坐着,看着上游溪水流经峡谷的地方。一片薄雾笼罩在河流上方。柯尔闭上眼睛,不理会旁边的人。有其他人在这里感觉就不一样了,自己单独一个人才能感受到这个地方的特别。柯尔深深地呼吸,再一次感受到冰冷的麻木感爬进身体里。他曾张开眼睛看艾德温和葛维是不是要离开了,然后想起只有在他觉得时候到了,他才会离开。

是时候了。柯尔最后深呼吸一次,张开眼睛,然后离开石头。艾德温和葛维依旧闭着眼睛,柯尔觉得自己没有必要通过等他们来证明什么。柯尔上岸后,用毛巾擦干身体。艾德温和葛维离开水面时,他已经快穿好衣服了。

"今天早上谁搬运那块祖先石头呢?"柯尔开玩笑地说。

艾德温和葛维面无表情地看着他。

柯尔说:"开玩笑啦。我来搬。"

他们爬完山，把愤怒滚走后，明亮的太阳已经破云而出。他们走回营地，沿途像老朋友一样大笑，闲聊。谁会想到这个早晨是柯尔长达一年放逐的开始。

艾德温给柯尔示范该怎么穿过屋顶装上烟囱，然后便和葛维准备离开。他们拆下帐篷，把东西装上船，依旧轻松愉快地互相开玩笑。等一切就绪后，他们不再开玩笑了。葛维拿起一个小包裹，递给柯尔。

柯尔打开，发现里面是一把放在羽毛刀鞘里的大猎刀。他说："谢了。"

"这把刀就像生命。"葛维说，"它可以毁了你，也可以帮助你痊愈。"

"一把刀要怎么帮助我痊愈？"柯尔问。

"用它来雕刻木头。如果你能发现木头里有什么，你就能发现你心里有什么。那会帮助你痊愈。"

"在你发现某样东西之前，你的创伤无法完全愈合。"艾德温体贴地说。

"什么东西？"

艾德温露出难得的微笑，"如果我说了，你就发现不了了。"

艾德温和葛维爬进小艇的时候，柯尔大叫："不要忘记把火花塞放回去！"

"已经放回去两天了。"艾德温说着，用力拉了一下启动器的绳子。马达开始轰轰地运转，柯尔帮忙把船头推离石头。"几天以后我再来看你。"艾德温叫喊着。

"我不会有事的。"柯尔喊道,希望一切真能像自己说的这样。他一直目送小艇直到看不见为止。他一个人站在海岸线上,忍不住想起上次看着小艇离开时自己有多生气。这一次,他只感觉到恐惧,而他承认自己确实很恐惧。他的手心出汗了,喉咙也开始发紧,因为他知道,如果他这次再把事情搞砸,那就没有下一次了。

第二十一章　发现秘密

艾德温和葛维离开后，柯尔逼迫自己在清醒的每一分钟都要保持忙碌。如果他得在这岛上待一年，他可不想活得像只动物。每天早上，他去池塘泡水，然后搬运祖先石。下午，他努力修缮营地。晚上，他睡得像死尸一样。

艾德温再次来看他时，他已经做了一张桌子、一把椅子，还为老旧的海绵床垫做了一个床架。他用浮木、钉子、木片做家具。他还抱回一堆堆的木材当柴火，劈好后整齐地放在小屋墙边，上面还用几条剩下来的夹板和一块防潮布盖住。他在树林里挖了一个大洞当厕所。洞满了，他就用土盖起来，再挖一个新洞。到冬天时，他再想别的办法。

艾德温没有多说什么，只是赞许地看着柴火堆和家具。"葛维飞回明尼阿波利斯了。"他一边爬进小艇准备离开，一边说着，"他很担心你。"

柯尔说："如果你有机会跟他通话，帮我谢谢他给了我那把刀。我会雕刻一些特别的东西。"

"什么东西？"

柯尔耸耸肩，"我还不知道。"

艾德温开动小艇挥手道别。

柯尔再次看着小艇从视野里消失。这一次,他不像四天前那样感到绝望、孤寂和恐惧。事情固然不会太容易,可是现在他知道他能够在岛上存活下来。他没有回小屋,而是沿着海岸附近散步、思考。

在离营地约一千五百米的岸边,柯尔发现了一根巨大的浮木。因为受到风雨侵蚀,这根木头已经被磨平了,像电线杆一样直。木头超过六米长,直径约六十厘米。柯尔在想要多大的暴风雨才能把这样一根大木头冲到这么远的地方。他记得很清楚,自己经历过的一场暴风雨可以办到。

柯尔观察这根木头时,想到德瑞克那边有一整块地竖满了图腾柱。那些柱子都像娴图一样布满动物的浮雕。柯尔不知道那些图案的象征意义,也不知道他能不能刻一个自己的图腾。他继续研究那根木头。也许,它还可以做成别的东西。这个念头吓坏了他,他马上从脑海中将它清除。他要刻一个图腾柱,可是该怎么移动这么大的木头呢?

柯尔回到营地,拿来两根绳子。他在木头的两端各绑了一根绳子。他一次拉一边地把木头滚过岩石区,滑进水里。当他看到木头高高漂在水上时,心里又浮起先前那个让他害怕的念头——这根木头可以做成一个空心独木舟。那会是个完美的逃跑工具。

柯尔慢慢地沿着海岸拉着浮木回到营地。趁着还有日光,他又推又拉地把木头弄到了火堆附近。这时候,天色已经完全暗下来了。

柯尔点起屋里的灯,做了一个果酱三明治。他走到门口,往外看着那根大木头。最后,他关门爬上了床。

他清醒地躺了好几个小时,即使困得睡着了,梦境仍令他烦恼。黎明来临时,他觉得全身无力,翻过身想再多睡一会儿。他想:一天早上不去池塘不会怎么样的。

他好不容易把自己从床上拖起来时,已经日上三竿了。他慵懒地打着哈欠,拿出冷冷的玉米片来吃,眼睛盯着外面的木头。如果他做了一艘独木舟,也不一定表示他准备逃跑。他告诉自己,或许他可以用独木舟来捕鱼。不过,柯尔知道这是个谎言。吃完玉米片,他走到木头那儿,拿起斧头开始用力地挥动,在木头上砍出了一个碗状的缺口。

中午刚过不久,浮木的底端已经大致变成光滑的尖头了。柯尔每回停下来休息时,就会觉得生气,他唯一的满足来自拍打马蝇和蚊子,这些小吸血鬼再也不能把他当作死尸般饱餐一顿了。

一对老鹰绕着海岸上空飞翔,似乎是在找鱼,其中一只突然冲进水里,用爪子攻击水面,然后带着一条挣扎的大鱼飞回空中。柯尔边看边玩弄着手上的短斧。这是艾德温和葛维离开后,他第一次觉得愤怒的日子,同时也是他第一次没去池塘泡水的日子。他朝着木屑啐了一口口水。他告诉自己,他只是没睡好而已。

柯尔知道自己又在说谎。他睡得不好是因为他一直在考虑用浮木造一艘独木舟,而不是一根图腾柱。他深吸了一口气,举起短斧,开始在木头正中央敲打。他一次又一次地砍着,直到木头上露出一圈深深的沟纹为止。砍着砍着,他觉得自己的愤怒消失了。

当木头再也不能用来做独木舟时,柯尔拿出葛维给他的刀,开始把深深的沟纹削成鹰头。他回想着他看到的老鹰,想着它们为什么能成为优秀、强壮的猎者。他一直刻到天黑。

柯尔吃过晚餐,收拾干净后,在外面生火。他耐心地等到火焰烧高,然后开始跳老鹰舞。他一圈又一圈地绕着火堆走,双臂像翅膀一样张开,左右转弯。今晚,他高高滑翔在暖气流上,看着只有老鹰才看得到的视野。

一段舞过后,柯尔坐在火堆旁的木头上喘息。他的思绪依旧在高高的树梢边游荡。他希望在自己的心里保有某种老鹰的感觉。他要怎么记得保持强壮、自傲,以不同的方式远远地看着生命中的事物呢?柯尔凝视着火焰。天开始下起毛毛雨来,他起身进了小屋。那段舞减轻了他臀部和手臂的疼痛感。那晚,他睡得很沉,梦见自己高高地飞翔在空中。

第二天早上,柯尔很早就起床去池塘泡水。他搬运石头时,由衷地觉得回到池塘的感觉很好。他仔细留意灵熊的踪影,但没有任何发现。自从他回到岛上以来,只匆匆瞥见过灵熊一次。

艾德温又来看他了。在他们把小艇拖到石头上时,柯尔问:"为什么我回来后只看过一次灵熊?我查看过很多小径,都没发现它。可是上回我见过它好几次,尤其是在我被它撕伤之后。"

艾德温抬起沉重的补给品走向小屋。"一开始或许那只熊好奇。"他说,"也许你被撕伤之后你就隐形了。"

"什么意思,隐形?"

艾德温没有回答。"你学校功课做了吗?"他问。

柯尔点头,把完成的功课交给艾德温,"有没有我的信?"

艾德温把功课折起来放进夹克口袋里,"有,可是你不准和外面的世界联系。我可以告诉你,葛维说你妈妈几乎每天打电话给他,问你好不好。"

柯尔压抑住他的情绪,"我也想念她。爸爸呢?"

艾德温耸耸肩,"他被逮捕以后,律师当天就把他保释出来了,不曾在监狱里度过一个晚上。"

"我会再跟他一起住吗?"柯尔问。

"我无法回答这个问题。"艾德温说。

"彼得好吗?"

"不好。葛维说他的忧郁症越来越糟了。"

"我希望我可以用什么方法帮助他。"

艾德温转头仔细地端详柯尔,"你已经快了解痊愈的秘诀了。"

他们走进营地时,艾德温注意到了柯尔正在雕刻的图腾柱。他走过去,检视着木头被削尖的底端和那只刻了一半的老鹰。他的声音变得严厉了,"看来你想刻一艘独木舟。"

柯尔盯着地面,轻轻地说:"我开始是想做独木舟,可是我知道那是不对的,所以我切了这道深深的沟,这样我才能再试一次。开始刻老鹰以后,我终于睡得安稳了。"柯尔最后说出他的老鹰舞,还有他学到的东西。他问:"你生我的气吗?"

"我很骄傲你选择雕刻一根图腾柱,而且对我很诚实。"艾德温说。

柯尔停了一会儿,说:"你说直到我发现某样东西前,我都不会痊愈。你能告诉我那是什么吗?我根本不觉得我在痊愈。"

艾德温摇了摇头,"当你懂得的时候,你就会发现了。"

柯尔说:"那么告诉我,图腾是做什么的?"

"它们显示了血统。"艾德温解释,"并且讲述故事。"

"那为什么上面有那么多动物?"

"动物是象征。特林基特部落分成两支——鸦族和狼族。血缘亲近的成员组成更小的部落。我是属于杀人鲸部落的。"

柯尔说:"我不是原住民。那也就是说,我不可以雕刻图腾,是吗?"

艾德温笑了出来,"原住民并不独享树木或雕刻的权利。你可以刻任何你想刻的东西。你的图腾是你的故事、你的追寻、你的过往。每个人都有他自己的图腾。这就是你为什么要雕刻,为什么要跳那些舞,为什么要生活的原因——发现和创造你自己的故事。"

柯尔安静地听着,然后说:"我还没有创造太多的故事。上个星期,我努力要跳愤怒之舞,可是觉得很怪,好像我在假装什么一样。"

"你准备好了之后就会跳那支舞的。"

"什么时候?"

"你会知道的。"

第二十二章　隐形

艾德温离开后,柯尔把下午的时间都用来雕刻。不料,天空却降下一阵倾盆大雨,他只好把木头滚到靠近小屋的地方。他从小屋墙边摊开一块防水布,这样才能继续工作。夜幕降临前,他刻好了老鹰。他决定接下来要刻一只狼。

第二天早上,他去过池塘后,在小溪里洗衣服。他在木屋的暖气炉里生好火,然后在横跨房间的临时晾衣绳上晾衣服。如果把衣服挂在外面,永远也干不了。

那天下午,他努力让自己隐形。他在冰冷的溪水里洗得特别干净,然后又穿上了干净的衣服,他甚至还抹了一些灰土来遮盖体味。之后,他徒步来到海湾口,在那儿可以同时看到海湾内外的海岸线。他勉强挤进两块大石头中间,一动不动地坐着。

两小时过去了,没有任何东西出现。他沮丧地站起身,移到树林间,试图藏在茂密的矮树丛下。海岸因为海豹、海鸥及老鹰的到来而慢慢热闹起来,但就是没有熊出现。最后,柯尔实在抵不住刺骨的寒冷,只得返回营地。

艾德温再次到来前,柯尔好几次努力要隐形,可运气总是不好。一天早上,他坐在池塘里时,一只海狸在他身边游泳。刚开始,当那只动物游泳时,他只能在水面看到一个V字形的涟漪。柯尔沉淀一下心灵,深深地呼吸,平静地坐着。海狸游得更近了。柯尔忽然伸出手想抓它,海狸便在水里爆发,用尾巴重重地拍了一下水面后消失了。

那是唯一一次海狸离他这么近,柯尔很后悔背叛了海狸的信任。他忍不住想到,自己对别人做过几千次相同的举动。那天晚上,他跳了海狸舞,领悟到海狸的坚持、耐心,还有灵巧,所以它能用前齿啃倒一棵树,还能把树都拖到水里,造出一个拦住整条河的家。

第二天,柯尔开始雕刻海狸头,努力想着海狸教给他的事物。可是拙劣的雕工让他觉得很泄气,因为他雕刻的海狸头看起来像一只畸形的青蛙。不过,他依旧坚持刻下去。

随着春天过去夏天来临,空气变得温暖,有些日子晴空万里,一丝云彩也没有,可大部分的日子都下着毛毛雨,非常潮湿。柯尔从未见过雨水这么多的地方。

在明尼阿波利斯时,柯尔以为自己在岛上会有一堆时间到处闲坐,谁知事实正好相反。他每天忙着煮饭、雕刻、在池塘里泡水、捕鱼、搬运祖先石、洗衣服、做功课,还有劈柴火。柯尔很骄傲自己能把刀和短斧保持得很锋利。夜里,他经常坐在床上,在一块平石上磨刀斧,磨到能削纸为止。

柯尔继续追踪灵熊,可是灵熊始终没有现身。每天晚上,他都很努力地去寻找跳愤怒之舞的情绪,但总是找不到。几个星期过去了,他在图腾柱底端预留的雕刻自己愤怒的一大块地方依旧是空的。

某次艾德温来的时候,柯尔透露出他的失望。他说:"我努力隐形,不但躲起来,甚至全身还涂上灰土,让自己闻起来不像人类。可是,我仍然没再看到灵熊。"

"也许你还没有完全隐形。"艾德温说着,爬上小艇准备离开,"你跳过愤怒之舞了吗?"

柯尔摇摇头。

艾德温拉起启动器的绳子,引擎开始运转。他示意柯尔帮他把小艇推离岸边。

柯尔看着这位特林基特老人消失在海水的尽头。这一次,他留在岛上的时间还不够用来卸下补给品。他不在乎柯尔吗?他生气了吗?柯尔回到营地后,整天都在雕刻图腾柱。工作时,两个问题困扰着他:那个可以帮助他痊愈的东西是什么?他要怎么隐形?

柯尔依旧努力奋斗,逃离他熟悉的愤怒。不知为何,愤怒一直不断出现。这个时候,他就把注意力集中在有趣和令他快乐的事情上。然而,不管他多么努力尝试,他依然无法跳出愤怒之舞。长时间受挫让他有更多生气的举动,可是那支舞就是不来找他。

有一天,柯尔把祖先石搬上山又把他的愤怒滚开后,坐下来沉思。为什么他受伤躺着的时候灵熊会来找他呢？为什么在池塘里海狸和鱼离他这么近呢？那时候他并没有隐形。那么为什么那只熊不再现身？柯尔百思不得其解，想得头都痛了。最后，他走回营地，接下来的一天都闷闷不乐地工作。

那晚，他如同往常般上床睡觉。可是清晨时，他从梦中惊醒，直挺挺地坐在床上。他知道怎么隐形了。

第二十三章 愤怒之舞

要隐形得先沉静心灵,这就是秘密。柯尔注视着黑暗。在冰冷的池塘里,他待得出神了,鱼和海狸就会游到离他很近的地方,直到他起了伤害它们的念头。他触摸灵熊那天,自己正濒临死亡边缘,完全放弃了操纵一切的想法。所以,隐形跟被看到毫无关系。隐形是指不被察觉或不被感受到。

这个发现让柯尔很兴奋,也让他开始思考:如果动物存在于一个超乎内心知觉思绪,而由本能和意识构成的世界里,那么人们在由噪声及喧闹的社交活动构成的疯狂世界里会发生什么事呢?不够平静或带着成见来体验世界,会错失多少东西?柯尔抬头注视小木屋的黑色屋顶时,思绪迅速运转着。他没办法等到早上了。

当黎明终于降临时,他往海湾口走去而不是去池塘。除了一件厚毛衣和雨衣,他没有多做准备。持续不断的毛毛雨和寒冷已经成为他在岛上生活的一部分了。他走路的时候,特别注意身边世界的变化。

层层的海浪如同深呼吸般规律地向他打过来,微微的细雨使海面凹凸不平,云层像雾一般低垂,上千块已被磨平的岩石沿着不受时间影响的海岸排列着,如同一条没入雾中的幽灵公路。当柯尔沿着海岸漫步时,他感觉自己已经成为大自然的一部分了。

他走到海岬,挑了两块石头间一块像马鞍的地方坐下,把目光集中在靠近海边的一块白色小石子上,深沉地呼吸着。为了见到灵熊,他需要将他的心隐形起来,并非对世界隐形而是对自己隐形。

他摘下帽子,让头和知觉暴露在空气中。冰凉的毛毛雨淋湿了他的头发,不久一滴滴的水便从他的额头落到脸颊。他闭上眼睛,感觉脸上的水滴很温暖。一开始,它们像是他愤怒和恐惧的泪水。然后,他更深沉地呼吸,感受周遭世界的韵律,一种时间消失、永无止境的韵律。当过去、现在和未来合而为一时,柯尔脸颊上的水滴落到地面,融入它们所属的景色里。

他再次睁开双眼时,感觉就像从沉睡中醒来一样。远远的海岸线彼端,也就是岩石消失在迷雾笼罩的地方,一个白色的物体出现了。就在他看得见的东西消失成虚无的地方,灵熊站在那儿,如同站在几米外一样清晰。那只熊耐心地注视着他。

当柯尔以相同的耐心回望时,所有的时间——即使是现在——都不复存在了。他不再认为自己是柯尔·马修斯,一个从明尼苏达州明尼阿波利斯市来的少年犯。他成为这景色的一部分,没有开始也没有结束。雨水像是滴在沿着海岸排列的石头上一样,从他的额头流下来,经过脸颊、嘴唇。雨水模糊了他的视线,他眨了眨眼。

灵熊消失了。

由于柯尔和灵熊都已融入景色中,所以他依旧感受得到灵熊在他心里。他闭起眼睛回忆。

不知道过了多久,柯尔再次睁开双眼。他僵硬地爬着站起来,沿着海岸走回营地。

那天晚上,柯尔生了比平常还要大的营火,隆重地烹煮晚餐。他仔细地在沸腾的水中加了一小撮香料,小心地折断意大利面。他将酱料加热,不慌不忙地搅动。食用时,他细细品尝每一口,好像那是最后一口似的。柯尔清洗盘子时,小心翼翼地把被他当作桌布的婀图叠好。

艾德温说过,每一天及每一餐都要仔细品尝,可是今晚在柯尔心里尤其特殊。今天他发现了隐形的方法,现在他已经准备好要跳愤怒之舞了。他小心地再次把火拨了拨,坐下来等待火焰和他的感受烧得旺起来。

当火焰烧高时,柯尔站了起来。吓人的尖叫声突然从他的喉咙里发出来。那声音消散在海岸及树林后,他开始舞动。他旋转着,摇晃着前进,跨过空地,往靠近小屋的一棵树木而去。那是一棵高耸的西洋杉,低矮处只有稀疏的几根树枝。柯尔蹲在坚实的树干前,握紧拳头。那棵树蔑视他,这也是他攻击灵熊的原因。它那骄傲的姿态挑战着他。

"别挡住我的路。"柯尔命令着,挥动拳头要击打那棵树。他一次又一次地发出警告,那棵树还是在那儿。他扑上去,在离树干几厘米远的地方挥动双拳。"闪开!"他大吼,"我警告你!"那棵树依旧纹丝不动。柯尔抓着较低的树枝,不断咕哝着愤怒的威胁话语。

树枝断了。

柯尔继续他的舞。他旋转着扑向黑暗中想象的敌人,对着石头、天空和海水大叫:"滚开!不要惹我!"

这支舞比他以前任何一支舞都要长,但柯尔还有一大段没跳呢!整个世界都在挑战他,这支舞变得越来越暴力。他发狂似的咒骂着,转身面对火堆,用力踢了正在燃烧的木块一脚,火焰以及火热的灰烬在黑暗中爆开。他踢了一次又一次,没多久营地就铺满了一层发光的余烬。

柯尔大步走在余烬上。他愤怒地咕哝着,假装丢出他的矛,然后倒在地上抓住屁股和手臂。当他再次经历那只熊的攻击,以及他对灵熊的愤恨时,他的脸痛苦地扭曲着。他在地面上扭动着,重新经历那份痛苦、寒冷和寂寞。

他在地面上继续他的舞。当他在靠近火堆的地方躺着慢慢扭动时,他的心像是远方的鼓一样稳定地跳动着。他感受到了害死麻雀的那场暴风雨,再次看见了锯齿状的白色闪电,听见了几乎结束他性命的大树迸裂开来的声音。

柯尔站起身,走到海岸边捡起一颗大石头。那颗石头在他转圈的时候变成了祖先石。然后,他以夸张的动作把石头丢进水里。当水溅开的波浪传到岸边时,他在黑暗中大叫:"对不起!"接着,他尖叫得更大声:"请原谅我!我不是故意要伤害彼得的!"

柯尔听到的唯一回答,是风吹动树梢的声音。

柯尔双眼涌出的泪水流到了脸颊上。泪水流了好几分钟,可是他知道舞蹈得继续下去。他回到火堆边,在余烬中以优雅的动作旋转着,轻轻地把大块的煤炭踢回去。碎裂的煤炭一块一块地回到火堆,每一块都变成他舞蹈的一部分,也是他疗伤的一部分。

那火堆烧得更旺了,有一条火焰蹿起,不久又一条跟着蹿起。柯尔的双臂紧紧抱在胸前,继续跳舞。伴随着明亮的火势,他额头上的汗珠与泪水交融滚到脸颊上。他没有力气停止哭泣,眼泪像是从某个大湖里持续不断地溢出来。

柯尔已经跳了大半夜了,可是他心底还有一丝目空一切的愤怒。他要把那丝愤怒像腐败食物一样抛弃,永远解决掉。他转身面对自己先前威胁过的那棵树,再次往树的方向扑过去,不过这一次他让拳头撞上树干。每次扑过去,他都用力地击打那棵树,毫不理会手上的疼痛。

突然,柯尔停了下来,他发现拳头肿了,流血了。他感觉到一股无法阻挡的羞愧。夜色中,他屈下膝盖跪在高大的西洋杉下,颤抖着啜泣。"对不起!非常对不起!"他低声说。

就在那个时候,他以前说不出口的话从心中涌了上来。"我原谅你了。"他大声叫着,"我原谅你了。"然后,他因体力耗尽而瘫在地上。他的舞蹈结束了。

发光的余烬为附近的夜色洒上了一层淡淡的阴影,树下一对大眼睛反射着亮光,耐心地凝视着四周的黑暗。

第二十四章　冬天来临

　　第二天早上,柯尔在图腾柱上刻下他的愤怒之舞。他注视着柱子底端的空白,什么形状可以表达他从舞蹈里学到的东西呢?他知道,没有人一早起床就决定今天要生气。如果他生气,那表示某种外在的东西控制了他。

　　柯尔不喜欢这种想法。那么他可以刻什么来表示他很抱歉,而且已经学会原谅了呢?他可以刻什么来表示疗伤已经开始了,还有他所感受到的同情心呢?柯尔没有动手刻,他回到小屋里。

　　艾德温再次来看他的时候,柯尔大声说:"我已经跳了愤怒之舞。"

　　艾德温瞥了他一眼,"你学到了什么?"

　　"原谅。"柯尔说,"生气是让别的东西控制我的情感,它们占有我。原谅则把控制权还给我。"

　　"那么,你在图腾柱上刻了什么来表示原谅?"

　　"还没有。"柯尔小声地说,"有某个东西我还没找到。光是道歉和原谅还不够。不管怎样我都得找出帮助彼得的方法。否则,我就没办法在空白的地方刻上东西。在我痊愈之前,那就是我必须找到的东西,对不对?"

艾德温笑着点了点头,"该怎么帮助彼得痊愈会一直萦绕在你心头,并且使你烦扰不已。你在他身上造成的伤害,会使你痛苦一辈子,除非你能够想办法弥补。"

"如果我帮不了彼得呢?"柯尔担心地问。

"那么你得帮助其他人。"

"那就是你跟葛维帮我这么多忙的原因吗?"

艾德温点头,然后转身往小艇的方向走去。柯尔知道艾德温正在努力遏制他的情绪。

当短暂的夏天过去之后,艾德温不再那么频繁地来看柯尔了,而且即使来,他也几乎一言不发,好像在为什么事情烦恼。他停留的时间只够卸下补给品,收回柯尔的学校作业,再看看图腾柱而已。每次他来访,图腾柱上都会出现新的雕刻,可是艾德温只留意柱子底部的空白,虽然他对此未加任何评论。

夏天结束时,柯尔已经在图腾柱上刻了一只海豹头、一窝麻雀,还有一只乌鸦。营地附近有几十只乌鸦,在他吃饭时呱呱叫着要求施舍。跳完暴风雨舞之后,他也刻了一道锯齿状的闪电和大颗的雨点。

九月,鲑鱼开始逆流而上产卵。柯尔在池塘泡水的时候观察它们。他看到鲑鱼从水中高高跃起,试图穿过池塘上面滔滔不绝的流水往上游。当几个星期后鲑鱼的旅程结束时,柯尔跳了鲑鱼之舞,并且把它们刻在图腾柱上。

夏末秋初时,柯尔每隔几天就会看到灵熊,它沿着海湾漫步或到池塘附近的溪流饮水。但是当冬天来到小岛时,他便逐渐看不见它的踪影了,连它的足迹也消失了。柯尔知道灵熊已经找到了洞,或者在倒塌的树下挖了坑冬眠。

柯尔执意坚持在早晨泡水,尽管没过几分钟他就冻得麻木了。冬天带来的刺骨寒风,迫使柯尔躲在温暖小屋里的时间越来越长。有时候风势太强,进入木屋的气流会把灯吹灭,他就会用纸、布、苔藓、锡箔纸等他能找到的东西去填补缝隙。晚上每隔两小时,他就得起床添柴把火拨旺。要是他起不来,就要付出代价——他得穿着内衣裤哆嗦着从划火柴开始重新生火。

雕刻图腾柱几乎成为不可能的事了,冰冷的寒气冻得柯尔关节僵硬、手指麻木,以至于好几次他用刀子撬起滑溜的木头时伤到了自己。他也不再收集柴火了。一整个星期过去了,雨一直没停。屋里的每样东西都很潮湿,柯尔很庆幸他早已准备好了一大堆柴火。

柯尔最后还是放弃了搬运祖先石,以及到池塘泡水。沿着河床走过结霜的石头太危险了。连他沿着林木线走路时,冷风都会穿透他的外套,冻得他直打寒战。

柯尔在冬天的工作成了劈柴,到溪边取水,煮饭,阅读,以及做学校功课。现在,他捕鱼纯粹只为了食物,而不是运动。柯尔靠着艾德温拿来的旧日历来计算日期。每晚睡觉前,他会拿一支铅笔把那一天画掉。每换了一页新的月份,他就请自己吃一块糖果。不过,补给品里的糖果数量很有限。

无法外出让柯尔有更多的时间做学校功课,也让他有更多时间品味孤独。有些晚上由于寂寞,他会哭着睡觉。他忍不住。寂静让人无法忍受,他渴望听见人类的声音。他注意到自己由于很少开口,声音变得粗哑。如果艾德温常来看他就好了。即使那个特林基特老人安静地待着,也总比永无止境的孤独要好得多。

漫漫长夜里,柯尔想了很多关于葛维、妈妈和爸爸的事。爸爸会改变吗?彼得呢?柯尔还是想不出方法来帮助他。艾德温上次来的时候说,彼得变得痛苦而消沉,几乎不跟人说话,包括他的父母。

柯尔发现,不做例行的泡水和图腾雕刻后,他很难以清澈沉静的心来结束每一天。有时候,愤怒会偷偷溜回来,好像它每天晚上在等柯尔吹熄提灯一样。然后,柯尔会觉得一股愤恨在滋长,他对自己被迫忍受这种寂寞的生活而感到生气。这些时候,他便想象自己伸出手去触摸灵熊。可是他不知道回到明尼阿波利斯后,没有祖先石,没有让他泡水的池塘,没有图腾柱,会发生什么事情。他还能找到灵熊吗?

由于他的活动完全受限于严酷的风和刺骨的寒气,柯尔发现自己的身体进入一种新的自然韵律。他用不慌不忙的步调四处活动,疲倦的时候就睡觉,只在饿的时候才吃东西。

圣诞节平静地到来了。几天前,柯尔沿着海岸走,找到一棵不到一米高的小松树依靠着大树的树干生长。柯尔想:那棵大树最终肯定会毁了这棵变形的小松树。因此,他选了这棵小松树当他的圣诞树。他用铝箔纸做树的装饰品。

圣诞前夜,当萧瑟的风吹过树梢时,柯尔独自坐在他的小树前。这个时刻,在其他地方会有人想着他吗?他不知道答案,早早儿便上床睡觉了。

艾德温再次来看他时,柯尔说:"圣诞节真的很寂寞,好像全世界都忘了我。"

"不要沉溺在自怜的情绪里。"艾德温说,"你比大多数人拥有的都要多。在德瑞克那边有一整箱信在等你。你妈妈知道你不能通信,可是她还是每隔几天就写信来。"

"彼得呢?"

"他变得更沮丧了,甚至不想离开床铺。他们给他开了很多药。"

艾德温离开后,柯尔没办法不去想彼得。他企图利用阅读一堆课外书来忘记这件事。沉迷在故事里的确能帮助他短暂地忘记烦忧。有些日子,他整天看书,常常看到三更半夜。

二月底,柯尔已经把一大摞书里的最后一本看完了,他让艾德温带更多书来。再过几个月,他就要离开小岛了,但图腾柱的底部依旧是空白的。他得在离开前想出该刻什么,晚上,他连做梦都在想到底刻什么。

三月底,艾德温又来看他。那天一直下着冰冷的倾盆大雨。当艾德温从小艇走下来时,柯尔察觉到某件事不对劲。艾德温冷淡地向他打招呼,把小艇拖到了石头上,然后安静地拿起补给品箱子,往小屋方向运送。

柯尔从小艇上拿起另一个箱子跟着他。他们在小屋里弄干衣服时,柯尔把水烧热了。艾德温坐在窗户旁,快要喝完热巧克力时才转头对柯尔说:"我昨天接到了葛维的电话。"

"葛维好吗?"柯尔兴奋地问。

"他说上个星期彼得企图自杀。"

"自杀!"柯尔屏住呼吸,"为什么?"

"如果有人把他当废物看,他就会开始相信他真的是废物。"艾德温说。

"可他不是!"柯尔抗议道。

艾德温站起身,打开门把剩下的热巧克力倒到外头。

"我从来没说过他没有用。"柯尔反驳说。

"把他的头往人行道上猛撞,是告诉彼得他确实很有用的可笑方法。"

"我错了。"柯尔承认。

艾德温捡起雨衣,走进倾盆大雨中。"该死的错误。"他大叫着,一边大步向小艇走去,一边穿上雨衣。

柯尔只穿着一件T恤衫去追艾德温。"我已经说我很对不起了!"他大吼。

艾德温停住脚步,猛然转过身子,"那样帮不了彼得的忙。"

说完,他又转过身继续往小艇的方向走。

柯尔反驳道:"我还能做什么?"

艾德温继续走,毫不理会雨水或寒冷,"我不确定现在有谁能够帮得上忙。"他爬进小艇,用力拉启动器的绳子,引擎开始运转。

"有个方法可以帮他。"柯尔脱口而出,可是声音被小艇的引擎声盖住了。"你没有在听!"柯尔隔着海水尖叫,"我可以帮他忙!"

艾德温加快速度,开着小艇出了海湾,连头都不回。

柯尔目送艾德温在雨中消失。他从岸边捡起一串海草,用力一扔。或许艾德温是对的,没有人能够帮彼得。可是如果彼得来到岛上,他就会知道事情可以改变。彼得的内心或许充满恐惧,这正是为什么他需要来这里的原因。他可以去池塘泡水,可以搬运祖先石,雕刻他自己的图腾。他可以跳舞,也许还可以目睹灵熊。更重要的是,柯尔可以证明给彼得看——这个岛上没有怪兽。

柯尔回到木屋,拨动着暖气炉。他一直想着彼得。彼得为什么要自杀?要是他成功了呢?柯尔打了个冷战。要是艾德温不急着离开就好了。他下次再来大概要几个星期之后了。那时候对彼得来说也许太迟了。

柯尔知道让彼得到岛上来的想法是个冒险的念头。没有一对脑筋正常的父母会允许他们的儿子一个人来这里,当然更不会让他跟柯尔在一起,尤其在发生这些事情之后更不可能。即使有艾德温或葛维陪着,彼得也绝不会来的。

柯尔爬上床,不安地翻来覆去。他想起自己与死亡的短暂相遇,以及自己的恐惧。一个人真正去寻找死亡时,内心会有多大的恐惧?

日出前,柯尔就完全清醒了。他穿上衣服到外面上厕所。天空布满了星星,晴朗得不同寻常,一阵温暖的微风穿过树林,树叶沙沙作响。柯尔猜想:再有不到一个小时天应该就破晓了。他回到屋里,添柴把火生旺,然后穿上胶鞋和雨衣。他上一次去池塘已经是好几个月前了。他知道冰冷的水会像通电的栏杆一样电击他的皮肤,可是今天早上他需要让混乱的思绪平静下来。他睡觉时想着彼得,起床后也想着彼得。

柯尔小心地在黑暗中摸索着前进。岛上的生活是那样平静,几乎成为他再熟悉不过的例行公事,至少到昨天为止是这样。但现在柯尔头晕困惑地向前跋涉。

到了池塘,他在黑暗中脱下衣服,毫不犹豫地走进水里。冰冷的水像火一样刺痛他的皮肤。他努力要放松,可是那股冰冷迫使他很快就上岸了。如果他在水里待久了,这水会要了他的命,不会有太多时间让他深呼吸,沉淀心灵。

柯尔穿好衣服搬运祖先石时,太阳已经在树梢偷看他了。然后,他听到一个意料之外的声音。没错,是小艇的引擎声。柯尔拼命跑下斜坡。艾德温这么快回来做什么?柯尔跌跌撞撞地沿着溪边跑回营地。暗黑的树影落在路径上,让这一路显得变幻莫测。他有好几次滑倒在冰冷的石头上,四脚朝天。

柯尔喘着粗气回到营地,发现艾德温平静地坐在屋里的窗边等待着。"你来做什么?"柯尔结结巴巴地说,牙齿不停地打战。水从他湿透的衣服上滴到地板上。

"你去哪儿了?穿着衣服去游泳?"艾德温问。

"我听到引擎声,所以从池塘跑回来。我滑倒了几次。你来做什么?"

"先换上干衣服吧。"艾德温说。

柯尔换衣服时,艾德温坐着往窗外看,他的思绪远远飘出海湾和小岛。柯尔终于在床边坐下来。"你为什么来?"他问。

艾德温的厚指甲抠着桌子粗糙的边缘,"彼得昨天晚上又企图自杀。他的父母绝望了。"艾德温把两手平放在桌上,"昨天我离开这里时,你说你可以帮彼得,还发牢骚说我没有在听。现在,我在听了。告诉我你打算怎么做。"

第二十五章　疗愈的秘密

柯尔深吸了一口气,"我觉得彼得应该到岛上来。"

"不可能。"艾德温坚定地说,"你很清楚这一点。"

"不对！我不知道。"

"他的父母绝对不会允许他单独和你在这里。"

"那么你也来呀！"柯尔反驳他,"彼得需要在池塘里泡水,还有搬运祖先石。他需要学习怎么隐形、跳舞,还有刻他自己的图腾。他需要接触灵熊。"

艾德温摇头,"捕鱼季即将开始,我得忙了。而且,我不确定彼得是不是真的需要跟你在一起。"

"我知道他畏惧我和过去我所做的事。"柯尔说,"他可能会认为我是要抓他的怪兽。也许等他跟我面对面时,就会知道我已经改变了。或许他会知道他自己也可以改变。"

艾德温摸了摸带着胡楂的下巴,"你到底改变了多少？"

柯尔并不生气,可是他厌倦对艾德温证明自己了。他说:"你有两个选择——给彼得机会经历我在岛上的体验,或者放弃,看着他自杀。你选哪一个？"

艾德温摇头,"没有那么简单。"

"你赶快行动就可以那么简单。我已经改变了,可是彼得的爸妈不知道。他们会听你的话。或许葛维可以跟他一起来。"

"你凭什么认为葛维会来这个岛上当你的保姆?这个世界不是绕着柯尔·马修斯运转的。"

泪水模糊了柯尔的视线。"现在这跟我没关系了。"他坚持说,"但跟彼得有关。我不知道还能说什么,这是我所知道的最好的办法了。"他的声音嘶哑了,"我把事情搞砸了,所以我在岛上尽我所能地去改变。可是这永远都不够,对不对?我永远无法改变我对彼得的伤害,也永远无法改变你对我的看法。"

"你说得没错,你永远无法改变你对彼得的伤害。"艾德温说着,声音柔和了下来,"可是你的确改变了。"他仔细端详着柯尔,柯尔的脸颊由于泪水而闪闪发光。他轻柔地把手放在柯尔的肩膀上,"不管发生什么事,你在这个岛上已经改变了。我跟葛维深知这一点,而且都以你为傲。"

那一天,艾德温离开时,问柯尔:"如果你在这里待久一些可以帮助彼得的话,你愿意留下来吗?"

"我会留下来一辈子,如果需要花那么长时间的话。"

在艾德温突然造访之后的几天,柯尔花了很长时间待在图腾柱旁,望着底部的空白。他的愤怒之舞已经变成原谅之舞和疗伤之舞了。可是尽管他尝试过,还是想不出任何可以表现疗伤的形状或者物体。他也想不出其他方法来帮助彼得。

日子沉重而缓慢地过去。柯尔内心七上八下的,这天希望彼得来到岛上,隔天又为这个念头害怕。潜意识里,柯尔知道这实在是个笨点子,因为脑筋正常的人不会住到这样一个岛上,和一个打昏自己的人单独相处。

艾德温回去已经快两星期了。这天柯尔正坐在木屋里看书,却听见一阵发动机引擎的轰鸣声。他跑到岸边,正好看到两艘船掉转船头进入海湾。艾德温的小艇在前面带路,一艘绿色的大拖网渔船跟在后面。两艘船破浪而行,波浪在船尾散开,像是绿色水面上的巨大扇子。

柯尔看到艾德温一个人在小艇里。在拖网渔船的甲板上,有两个人站在一起,另外有个人坐在靠近船头的地方。柯尔眯起眼看,独自坐在船头的那个人看起来比位子还要小。当船靠得更近时,柯尔的心跳加速。那个人是彼得!

船离岸边还有九十多米远时,柯尔就认出了掌舵的葛维那矮壮的身形。然后,他认出了彼得的父母。他们来做什么?

葛维把拖网渔船开到离岸边很近的地方停下来,抛下锚。艾德温把小艇并排靠着。几分钟后,每个人都爬进小艇准备上岸。除了艾德温,每个人都穿着厚重的夹克和高筒靴。

柯尔犹豫地挥了挥手。只有葛维朝他挥了挥手。彼得坐在后方,头低垂着,他害怕地抬头瞥了一眼,然后又低头瞪着两膝之间。他的父母只是面无表情地看着他。

柯尔帮他们稳住小艇,让每个人爬到岸上。葛维和艾德温爬到石头上时都跟他打了招呼,葛维甚至还在柯尔的背上友善地拍了一下。彼得的父母别扭地点了点头。彼得依旧坐在船上,害怕地看着柯尔。

"嗨,彼得。我很高兴你能来。"柯尔说。

彼得仍然拒绝上岸。

葛维走过去抓住船头。"让开一点儿。"他悄悄地说。

柯尔退到石头上,彼得终于生硬地爬上了岸。艾德温帮葛维把小艇拉到石头上,用绳子绑住。柯尔紧张地瞄着那群人。他独自在岛上这么久,身旁突然间多了这么多人,让他很不自在,尤其还有彼得在场。

艾德温示意每个人到火坑边。彼得的行动很笨拙,好像努力挣扎着走进一阵风里似的。除了葛维,其他人都安静地走着。"老大,你最近好吗?"他问。

"好吧,我想。"柯尔回答。

"每天早上还到池塘泡水吗?"

柯尔点点头,"冬天太冷了。前几个星期只要我能忍受,就去泡。"

艾德温在火坑旁停住,请每个人搬一块石头或一块浮木坐下来。他开始生火。彼得把他的木头拉得离其他人远远的,自己一个人坐着,双眼凝视着海岸,往海湾外头看。火焰开始燃烧后,艾德温也坐了下来,说:"你们从明尼阿波利斯远道而来,我们不要假装事不关己。"艾德温转头对柯尔说:"捕鱼季要来了,所以葛维会跟你和彼得待在这里。"

柯尔转过头去问葛维:"你怎么拿得到假期?"

"我已经积攒了一大堆假没用,另外还请了假。我跟你和彼

182

得一样,迫切地需要来这里。"

柯尔看着彼得的父母,问:"你们也留下来吗?"

彼得的爸爸直视着柯尔,用强有力的声音说:"也许把彼得带来这里是个天大的错误,可是我们别无选择。你想象不到这有多困难。我们会待到我们肯定他很安全为止。再也没有人能伤害他。"

柯尔哽咽着说:"我再也不会伤害任何人了,我保证。"

艾德温看着柯尔:"过去两个星期发生了很多事,葛维和我几乎生活在电话里。环形会再次开会,花了很长的时间讨论。彼得和他的父母被迫做出一个他们生命中最困难的决定。"艾德温举起手,指着柯尔,"这都是你一个人闯祸的后果。"

柯尔虚弱地点点头。

艾德温站起身,"今天晚上,彼得和他的父母睡在拖网渔船上。葛维和我跟你睡在小屋里,柯尔。"

彼得依旧眺望着海湾。

艾德温说:"柯尔,我要你告诉每个人你在岛上的生活。即使要花上一整个下午,我也要你让我们知道每一件你经历过的事。从你踏上岸的第一秒到目前为止的每一件事。"

彼得的父母好奇地看着柯尔,可是彼得继续安静地坐着,用脚趾在草地上挖洞。

柯尔指着海岸,"那我就从一年半前艾德温跟葛维带我到这里来开始。艾德温已经帮我造好一栋小屋了。"他带着羞愧的笑容补充说,"那间屋子比我盖的这间要好太多了,可是被我一把火烧掉了。当时我太生气了，没办法清楚地思考。我讨厌艾德温、葛维，还有你们几个。我讨厌环形会、这座岛，以及岛上的所有东西。"

柯尔把手压在膝盖上，以免有人看出他的手指在发抖。他深吸一口气，说出在烧掉小屋后怎么企图游泳逃跑。他边用手指着边说："那就是第一座木屋所在地，而那是我想游离这个岛后把自己拖上来的地方。潮水把我推回岸边。我在那边温热的灰烬里睡觉。"

柯尔叙述着有关看到灵熊的事。"艾德温告诉过我它们的事。"他说，"可是他说它们住在离这里南边还很远的加拿大不列颠哥伦比亚省海岸。当我看到一只熊看着我时，我想把它给杀了。"

"为什么你想杀掉那只熊？"彼得的爸爸问。

柯尔停了一下，舔着干燥的嘴唇，"那只熊不怕我，这让我很生气。我想把任何挑战我的东西摧毁。这样有道理吗？"没人回答，柯尔做了个手势，要大家跟他走，"来，我指给你们看我被攻击的地方。"

除了彼得，每个人都站起来跟着他。

"亲爱的，来吧。"彼得的妈妈温柔地哄劝他，拉起他的手臂。他不情愿地站起来，笨拙地走着，还时常跌倒。

柯尔指给他们看他企图杀掉灵熊的地方，也说了他是怎么被撕伤的。他尽可能地将接下来两天里每一刻痛苦的回忆讲给大家听。他描述那只熊怎么舔起他的口水，以及最后他怎么触摸灵熊。他甚至还说了他怎么吃掉老鼠。

"那就是那棵被闪电劈倒的树。"他边说边指着一截腐烂的圆木。在叙说有关麻雀宝宝的事时,他不停地眨眼,忍住了眼泪。他说:"我该死,但它们不该那样死掉。那是我第一次真正害怕自己也许会死,也是我第一次开始思考自己的生命,开始关心除了我自己以外的东西。艾德温和葛维就在那时找到了我。"

柯尔讲述了自己被救后的康复过程,以及重回岛上的种种经历。他展示疤痕以及残疾的手臂给他们看,"如果你们愿意的话,我可以带你们看我每天早上泡水的池塘。"艾德温点了点头,柯尔便在前面带路,解释为什么泡水能沉淀他的心灵。他还讲了再次看到灵熊的经过。

他们到池塘时,彼得的爸爸问:"我们今天会看到灵熊吗?"

柯尔摇摇头,"不会。人太多了。明天早上,想看的人可以跟我一起在池塘里浸泡。有时候,灵熊会过来看我泡水。"看到没有人愿意,他便带着笑容补充说:"这个时候,水真的很冷。"

看过池塘还有祖先石后,柯尔往营地走去。这群人安静地走着,每个人都陷入了沉思。回到营地时,柯尔解释他怎么建造小屋,然后回到火坑旁,"这里是我跳舞的地方。"最后,他带大家看他的图腾柱,讲述他通过每一个图案学到的东西。当他讲到底部的空白时,他犹豫了。

葛维问:"你要在下面刻什么?"

柯尔耸耸肩,"我还没有决定。"他不想谈。

艾德温说话了:"不妨告诉我们你为什么还没有决定。"

柯尔在叙述火边那个漫长的夜晚和他的愤怒之舞时,努力让自己的声音保持平静。"我爸爸打了我一辈子。"他解释说,"可是我现在知道他没有要伤害我的意思。他也被他爸爸打,那是他唯一学到的东西。"柯尔又哽咽了,"我学到要原谅。"他说,"不只是对其他人,还有对我自己。"他转过身刚好看到彼得望着他。

"当我揍你的时候,我完全没有伤害你的意思。那是我唯一学会的东西。"

"你还没有说为什么你没有在底部刻上东西。"艾德温坚定地说。

柯尔的声音颤抖着:"因为愤怒之舞教导我,在我帮助彼得痊愈之前我没有办法痊愈。他是我伤害的那个人。"

"别管我!"彼得脱口而出,转过身去,"我不需要你帮忙!"

第二十六章　彼得的疗伤之路

那天傍晚，柯尔为大家准备了他最喜欢的餐点。当他把热狗切碎放进意大利面酱里时，他告诉大家葛维怎么教导他认识生命是条热狗。"今天晚上将有一顿大餐，因为我们让它变成一顿大餐。"他做饭的时候，天开始下雨了，每个人都进到小木屋里，挤在床上、椅子上，还有葛维带进来的木块上。

晚餐准备好了，他把婀图铺在小桌子上，同时解释这条彩色毯子的特殊意义。"我只在特殊的夜晚才使用这条毯子。"他说，"现在，开动吧！"

每个人都把放在纸盘里的东西吃得精光，只有彼得玩弄着他的叉子。

"亲爱的，你为什么不吃呢？"彼得的妈妈问。

彼得抬起头，说："我不要在这里跟他一起睡。"

"没关系，儿子。"彼得的爸爸说，"葛维会在这里。他会确定柯尔不会……"

"如果你不想的话，你不需要在木屋里跟我一起睡。"柯尔打断他的话。

"没错。"艾德温说，"我带了一顶帐篷。柯尔可以睡在外头，直到你改变心意为止。"

彼得不信任地看着柯尔,依旧拒绝进食。半个小时后,他跟父母回到拖网渔船上。他的食物没有动过。

第二天早上,柯尔独自走到池塘。他尽可能久地泡在水里,他的平静被彼得对他的畏惧动摇了。他怎么会曾经希望某个人对他有这样的感觉?不管他呼吸得多么深沉,冷水依然无法平复他混乱的思绪。他回到营地时,发现艾德温已经把彼得还有他的父母从拖网渔船上带了下来。他们站在岸边和葛维道别。

柯尔偷听到彼得跟他的父母争论。"可是爸爸,我不想一个人跟他待在这里!"彼得恳求说。

"我解释过了,你不是一个人。葛维在这里,你会没事的。这是你必须做的事。"

彼得转过身看到柯尔靠近,便立刻走开了。柯尔继续走向小木屋。

艾德温在离开之前,到小屋看柯尔。"彼得的父母决定今天早上离开。"他说,"他们原本计划待久一点儿,可是他们意识到无法保护彼得不受自己的伤害。经过昨天的事,我想他们已经看出你不是问题所在了。"

"他很怕我。"柯尔说。

艾德温倒了最后一点儿咖啡在杯里,喝了一口。"你要耐心地对待彼得,就像我们曾经对待你那样。"他说,"不要催他。"

彼得的爸爸出现在门口。"我可以单独跟你谈谈吗?"他问柯尔。

柯尔瞥了艾德温一眼，跟着彼得的爸爸出去，走进树林里一个大家都听不到的地方。彼得的爸爸转身以警告的语气说："我承认，你比之前在明尼阿波利斯时有了一些改变。可是，我也想告诉你，我们一秒钟都没忘记你对我们的孩子所造成的伤害。我们一天都没忘记你对彼得的攻击。我们的生活再也不一样了。"

柯尔垂下头。

彼得的爸爸继续说："我一点儿也不喜欢让彼得来这里。如果还有其他选择的话，我们永远不会强迫他。他第二次试图自杀后，葛维跟我们说，彼得需要面对你，不然下半辈子会一直陷在痛苦的回忆里。"他僵硬的手指戳在柯尔的胸口上，"如果你再做任何伤害我们儿子的举动，老天有眼，你会坐牢到你老死。你了解了吗？"

柯尔点头，"锥斯寇先生，这座小岛能够帮助彼得。我知道你还不信任我，可这是事实。"

"我该说的都说了。"彼得的爸爸边说边转身往小艇走去。

柯尔回到小屋。

"锥斯寇先生跟你说了些什么？"艾德温问。

"他希望我今天过得好。"柯尔说着，回避艾德温的眼睛。

"嗯，我打赌他会这么说。"

"他有权利生我的气。"柯尔说。

艾德温把杯子放在桌上，脸朝门口。"你一直待在小屋里直到我们离开为止。"他说，"我把小艇留给葛维，以防你们有任何麻烦。"

柯尔透过窗户看着他们爬上了小艇。彼得坐在岸边。当葛维发动小艇往渔船方向驶去时,彼得担心地回头看,好像某个人会攻击他一样。葛维回到岸边后,彼得依旧坐在水边,一直盯着渔船离开。

葛维回到小屋。柯尔从窗边的位子起身走到冷藏箱旁。箱子里只剩下四根糖果,他选了一根巧克力棒,往门外走。

葛维问:"你去哪里?"

"我得试一试。"柯尔说。他慢慢地经过岩石区往彼得的方向走去。在距离彼得五六米远时,他的脚步声让彼得抬起头往上看。

"离我远一点儿!"彼得尖叫,急忙爬起来。

柯尔后退。"彼得,我不是要伤害你。"他拿起巧克力棒,"我拿这个给你。"

"走开!"彼得又尖叫了一次。

柯尔蹲下来把巧克力棒放在一块石头上,然后转身退回小屋,又坐回窗户旁。

"给他时间。"葛维说。

接下来的半小时里,彼得看了那根巧克力棒好几次,但始终没有朝它移动。最后,柯尔拿出了学校功课,开始做数学作业。整整一个小时后,他在椅子上往后靠,揉了揉眼睛。"我的爸妈好不好?"他问。

葛维放下正在读的书抬起头,说:"你妈妈很不错,要我把她的爱带给你。你爸爸提出诉讼要求撤消他'虐待儿童'的罪名。他也提出诉讼要求你的监护权。"

"你是说他想把我从我妈妈那里带走?"

"我认为那跟自尊有关。他觉得他能称心如意,而且不希望任何人或者任何事赢过他。"

柯尔看着桌上铅笔顶端的橡皮,"我以前也像那样。"

"我知道。"

"你认为他会赢吗?"柯尔问。

葛维摇摇头,"他休想。"

柯尔放下铅笔。"很久没跟你谈话了。"他说,"谢谢你一直在我身边,以及你做过的每一件事。我要怎么报答你呢?"

葛维指着海边,"用不放弃彼得来报答我。"

柯尔往窗外看去,彼得依旧坐在岸边,可是巧克力棒已经不见了。柯尔笑了,"我不会放弃他的。"

又过去了两个小时,彼得丝毫没有移动。葛维走出去跟他说话。不管葛维怎么劝,彼得都拒绝进屋,直到柯尔离开小屋,在九十多米远的地方立起帐篷为止。

柯尔整个下午都待在帐篷里。天黑以后,葛维拿来一些晚餐。"我得在这里待多久?"柯尔边狼吞虎咽地吃着温暖的食物,边颤抖着身体问。

"一个人被打到没知觉后,恐惧会持续多久?"葛维直言不讳地说,"晚安。"

柯尔看着葛维回到温暖的小屋。葛维和彼得正舒服地睡在他用双手建造的小屋里,而他却睡在风雨中一顶会漏水的帐篷里。柯尔没有生火,爬进睡袋早早儿入睡了。

第二天早上,他强迫自己爬出温暖的睡袋,穿上僵硬冰冷的衣服。柯尔出发去池塘之前,敲了敲小屋的门,轻声叫:"我要去池塘了。有人要去吗?"

"几点了?"葛维沙哑着声音问。

柯尔意识到自己将近一年没看时钟了。"该是去池塘泡水的时候了。这就是现在的时间。"他说。

"给我们五分钟。"葛维说。

"我不想在池塘里泡水。"彼得咕哝着。

"我们只是跟着去看而已。"葛维说。

柯尔看到提灯闪烁,然后听见里面有动静。不久,葛维和彼得就穿着胶鞋和厚外套,从小屋出来了。柯尔穿过黑暗的浓雾,缓慢地走着,这样彼得才跟得上。他清楚地听到身后彼得笨拙的脚步声。

他们到达池塘时,柯尔想起自己忘了带毛巾,不过不要紧,他可以用内衣。他脱下衣服走进冰冷的水中。彼得和葛维坐在岸边看。已经五月初了,可是冰冷的水依旧像百万根细针般刺痛柯尔的皮肤。他强迫自己稳定地呼吸,直到走到彼端的石头旁。他闭着眼睛,听到了池塘另一边葛维对彼得说话的低沉声音,可是听不清楚他说了什么。

柯尔直泡到气息清凉为止,然后涉水回到岸上。他的身体已经麻木到骨子里了,可是他并不急。过去一年,他已经习惯冰冷的水了，再也不会像第一次跟艾德温来时那样呼吸不过来。"你们要跟我一起搬运祖先石吗？"柯尔一边问，一边用内衣擦干身体。

"我跟彼得解释过祖先石了。"葛维说，"我们会跟着走，看着你。"

柯尔拿起那块大石头，开始往斜坡上爬。他在前面带路，既不停顿也不往后看。他们到达顶端时，他那条不健全的手臂阵阵发痛，可是他依旧以规律的速度呼吸着。彼得和葛维都用力地喘气，额头上流下豆大的汗珠。

"现在祖先石变成我的愤怒。"柯尔解释着，把大石头放了下来，转向彼得，"如果你想的话，你可以把它推下山坡。"

彼得摇摇头。

"那么我来。"柯尔说着，用力推了那石头一下。石头滚下山丘时，柯尔闭上了眼睛。"听见那个声音，我就想象自己的愤怒离开了。"他解释着。他一直等到滚落的石头在底部停住一段时间，才睁开眼睛走下斜坡。

沿途没有人说话。

"你需要我们帮什么忙吗？"回到营地时葛维问。

"如果我要在外头待一段时间的话，我需要收集更多的柴火。"

"你要帮忙收集柴火吗？"葛维问彼得。

彼得转身走到海岸边，默默地看着地平线。

"他的问题在哪儿？"柯尔问。

"你。"葛维回答。

"可是我希望他明白我们收集这些柴火是为了他。"柯尔悄悄地说。

葛维很快地回答："我希望你能明白每个人在这里都是因为你。"

柯尔开始收集木头。

日子一天天过去,彼得没有任何改变。他拒绝说话,除了葛维交代的事外什么也不做。每天早上,他跟着到池塘,可是绝不泡水。他进食或走路时都像僵尸一样动作缓慢。柯尔不再尝试跟他对话了。

彼得到岛上快两个星期了。有一天,他们又跟着柯尔走上山搬运祖先石。柯尔在山顶把石头放下,停下来休息一会儿。彼得无声无息地往下伸出手,用力推了那石头一下。他嘟着嘴站着,看着石头滚落到底部停住。

"推得不错。"柯尔告诉他。

那天的其余时间,彼得和平常一样沉默寡言,避开柯尔。

三天后,柯尔正在火堆煮饭,一颗石头打在距他几十厘米远的地面上。柯尔转身发现彼得在海岸边,把石头扔进海里,好像什么事也没发生一样。柯尔看着差点儿打到他的那块石头,手不自觉地握成了拳头。

他从来没告诉葛维有关石头的事,只是小心提防着彼得。下一次的意外发生在两天后,葛维也在场,当时他们正往池塘去。那时天色还很早,柯尔在溪中从一块石头跳到另一块石头上。突然,彼得从后面用力撞他,害他在水里摔了个四脚朝天。柯尔湿漉漉地爬了起来,发现彼得正撇着嘴看他。

柯尔问:"你为什么要这么做?"

"我不是故意的。"彼得一脸无辜地说。

柯尔继续往池塘走,葛维一句话也没说。

"今天早上不泡水了。"柯尔说,"因为我没有干衣服可换。不过我还是会搬运祖先石。"他转身要捡起石头时,却发现彼得脱掉了衣服。那个瘦弱的男孩跌跌撞撞地向浅水区跑去,双手抱在头上。彼得往前踏进水里,大声地喘气,咕哝着。

彼得从未成功地到达石头旁。当水升到胸口时,他便转身走了回来。他用内衣擦干身体时,牙齿不断地咯咯作响。

那天早上回到营地后,彼得似乎比较放松了,他主动对柯尔说话,而不是被问话。"你泡在池塘的时候不冷吗?"他问。

柯尔微笑着说:"去年第一次泡水时,我以为我的头会裂开,脚趾会掉下来。不过你会习惯的。"

"我可不想习惯。"彼得咕哝着,头也不回地往小屋走去。

随着日子一天天过去,天气变得更加温暖,可是淫雨不断。每天早上,柯尔都得把睡袋吊在小屋里晾干。"我要送艾德温一顶漏水的帐篷当圣诞礼物。"他对葛维抱怨。

彼得又变得闷闷不乐,拒绝谈话。葛维每天四处走动,跟两个男孩开玩笑。他负责把热乎乎的餐点送到柯尔的帐篷里。彼得来到岛上已经快一个月了。艾德温来过两次,送补给品并探望他们,但他从来不久留。

有一天,雨下得很大,柯尔待在帐篷里。时间一小时一小时地过去,持续不断的倾盆大雨渗透了帐篷的缝隙,柯尔的睡袋和衣服全湿了。下午茶时间,葛维送食物过来。他看着抱着膝盖蜷缩成一团的柯尔。"真糟,这里好冷,老大。"他说,"我回去了。"

"谢谢。"柯尔喃喃地说。又过了好几个小时,他依旧坐在那儿发抖。雨持续不断地下,闪电带来愤怒的雷声。夜晚来临时,一条小水流从帐篷中间流过去。柯尔摸到的每样东西都是潮湿冰冷的。

他做好度过漫长夜晚的准备了。今晚,他几乎无法入眠。他把手臂抱在胸前,牙齿上下打战。自从一年多前他企图逃跑却差点儿溺死后,他不曾这么冷过。

突然,他听到帐篷外有脚步声。

"如果你愿意,小屋里面比较温暖。"彼得迟疑地叫着。

第二十七章　慢慢疗愈

柯尔不需要别人第二次来邀请他到小屋去。他笨拙地拉着拉链,从帐篷里爬出来,奋力冲过冰冷的雨水。当他走进小屋时,葛维眨了眨眼,跟他打招呼。彼得坐在床上,用戒备的眼光看着柯尔。

"谢谢你,彼得。"柯尔说。他擦干自己,换上新衣服后,煮水冲热巧克力。"有人要喝些热的吗?"他问。

葛维摇摇头。

"你呢,彼得?"柯尔主动问。

彼得耸耸肩。

水沸腾后,柯尔冲了两杯热巧克力,拿了一杯给彼得。彼得迟疑地接过来。"为什么我们一直没看到灵熊?"彼得问。

柯尔在桌旁坐下来。"我们会的。"他边说边吹了吹冒着热气的饮料。

"我认为根本没有灵熊。"彼得提出质疑。

"我第一次来这里的时候也认为没有。"柯尔说,"即使看到它之后,我也以为那只是自己的幻觉。"他卷起袖子展示自己身上的长疤痕,"可这不是我的幻觉。"

"那可能是其他熊抓的。"彼得又说。

葛维站起来伸伸懒腰。"我要睡了。"他指着门说,"柯尔你睡那里,彼得睡床上。"他拿给柯尔一捆卷起来的泡沫海绵垫。"喏,这比硬地板好多了。今天晚上,你用我的毯子。明天再把你的睡袋沥干。"

柯尔说:"谢谢。"

葛维把他自己的海绵垫摊开,躺在柯尔和彼得中间。他说:"晚上起来帮火添柴的人,明天早上可以多拿一块松饼。"

"让我来。"柯尔说。他才不介意起来添柴,光是重获温暖与干燥他就心满意足了。葛维吹熄灯时,柯尔拉起毯子盖在身上,躺到海绵垫上。这里当然比漏水的帐篷要好。他往黑暗中彼得的方向看去。"谢谢你让我睡在屋里。"他说。

"那并不表示我们是朋友。"彼得咕哝着。

接下来的几天,每当葛维离开小屋或到溪边时,彼得都抓住机会对柯尔报仇。他穿着泥泞的靴子踩过柯尔的睡袋两次;每次经过挂夹克的钩子,就把柯尔的夹克打到地板上;晚上出去上厕所,他会把门开得大大的,回来时也一样。柯尔离那冰冷的空气最近,一定得起来关门以免被冻死。

那天,柯尔独自从海湾散步回来,终于忍无可忍地爆发了。他发现他图腾柱上的熊被毁了,有人拿短斧把整个雕刻劈掉了。似曾相识的愤怒在柯尔心里燃烧。他在屋里找到彼得。"你为什么毁了我的熊雕刻?"他试着让声音保持平静。

198

彼得耸耸肩,"你根本就没看过灵熊。而且,你想怎么样?再揍我一次不成?"

"我不会揍你的。你能不能不要烦我?"

"那你呢?你从来没有对我做过任何事吗?"彼得直率地说。

葛维安静地听着。

柯尔突然有个主意,"海岬附近有另一根大圆木可以当不错的图腾柱。如果你想要,我可以帮你把它拖到这里来,让你雕刻自己的图腾。"

"我为什么要做这件事?"

"雕刻的时候,你会思考。"

"我不需要思考,我要你在我面前消失。你说,我要刻什么?"彼得问。

"任何东西都行。如果你看到一头鲸,就刻鲸;看到灵熊,就刻熊。我从我刻过的每一种动物身上学习知识。"

"这里没有灵熊。"彼得又挑衅了一次,"伤害你的是一只平常的黑熊,或许是一只很丑的熊!"

柯尔不理会他的无理取闹,"如果你要的话,我会帮你拖来那根圆木。"

彼得冷冷地耸耸肩。可是吃完午餐后,他还是跟着柯尔和葛维到海边去看那根圆木了。柯尔带了一根绳子。三个人合力把圆木沿着海岸拉回来。天黑前,他们已经把它放在了柯尔的图腾柱旁边。

"那我应该先刻什么?"彼得问。

"你可以刻任何自己想刻的东西。你上一次看到的动物是什么？"柯尔问。

"今天早上我在木屋里看到一只老鼠。"

柯尔笑了，"那么今天晚上我们来跳老鼠舞，明天你就可以刻一只老鼠。"

"我才不要跳什么愚蠢的'老鼠舞'。"彼得嘲讽地说。

"每一种动物都能教导我们一些东西。"柯尔说。彼得没有回答。柯尔对着树林做了个手势，"我们去收集晚上跳舞的柴火吧。"

"你自己去吧。"彼得说着往小屋走去，"那是你的主意。"

葛维说："我来帮你。"

柯尔点头，"我先生火，这样就有不错的木炭来煮晚餐了。"

彼得在小屋里不肯出来，直到晚餐准备好为止。他远离火堆坐着，小口小口地喝着汤，剥吃一个柯尔用铝箔纸包着放在余烬里焖烤的马铃薯。

饭后，柯尔往火里添了更多的柴。等火舌蹿高到夜空后，他站起身来靠近火堆。"我先跳。"他慢慢沿着火堆移动，假装像老鼠一样地嗅着。突然，他像被吓到，惊慌失措地从火堆旁跑开，然后又回来，嗅着。最后，他假装饱餐一顿。结束以后，他坐了下来，说："我的老鼠舞教了我，老鼠是坚持而大胆的。它们是高明的逃生专家，是一种不管身处何方或拥有何物都能充分利用的动物。"

葛维点点头，"这是不错的一课。现在换我了。"他站起来沿着火堆移动。葛维的舞深深吸引着彼得,他仔细看着,目光随着每个动作移动。葛维坐下来后解释:"老鼠经常不被人注意,所以能看到别人所看不到的东西。"彼得接着站起身开始跳舞。他的动作摇摇晃晃,而且欠缺信心,不时忸怩地回头看。不过,他持续跳着。结束以后,他站在火堆旁边没有说话。

"那么你从你的舞蹈中学到了什么?"葛维问。

"我学到了我看起来像一个傻瓜!"彼得生气地说,转身跑回木屋。

"他永远不会原谅我。"柯尔说。

葛维耸耸肩,"越去想自己的手臂和屁股还有多痛,灵魂的伤口就会愈合得越慢。"

柯尔上床睡觉很久以后,还在思考葛维的话。第二天早上,他开始在他的图腾柱上雕刻老鼠,而没有去池塘。他不想在彼得毁掉第一只熊的地方再刻上另一只。那只熊花了他将近一星期才完成。

彼得不情愿地走了出来,开始在他自己的圆木上雕刻。下午过了大半,两个男孩分别在他们的圆木上刻了老鼠。柯尔简直不敢相信彼得的雕刻看起来是那么栩栩如生。他说:"太不可思议了。你在哪里学的雕刻?"

"我的老鼠的确比你的还要好。"彼得说。

"没错。"柯尔说,"不过雕刻图腾不是竞赛。说你的雕刻比较好就像在说你的感觉比较好一样。"

彼得嘻嘻笑着。"我的是比较好。"他转向柯尔,"你真的看过灵熊？"

柯尔点点头，告诉他自己怎么从那只熊身上拔下了满手的白毛，然后又把它丢掉。"我需要证明的唯一理由是因为我知道自己在说谎。"他说，"丢掉白毛，是因为我已经厌倦说谎了。"

吃午餐时，彼得端详着柯尔，整顿饭他都安静地坐着。吃完后，他回到圆木旁继续雕刻。"我想一个人单独待会儿。"他告诉柯尔。

柯尔和葛维彼此看了看，决定一起到海湾外面找鲸。他们回来的时候天已经黑了，柯尔从渐深的黄昏中看到彼得还在雕刻，但不是在刻他自己的圆木。

"那个混蛋！"柯尔说，"他又在破坏我的图腾了。"

"喂！"他大叫着，跑了过去，"你在做什么？"

柯尔跑过来时，彼得往后退。

柯尔低头看去，目瞪口呆。在原来熊雕刻被破坏的地方，彼得已经刻好了另一只熊。新的熊雕刻得栩栩如生，看起来像要从圆木上走出来似的。"太不可思议了！"柯尔赞叹着。

"希望你不介意。"彼得说。

"你可以教我雕刻吗？"柯尔问。

彼得耸耸肩，"看你想不想学了。"说着他转身走进木屋。

第二十八章　原谅

夏天又到来时，一起前往池塘已经变成每日的活动了。这天，彼得宣布："今天早上，只有我跟柯尔去。"

葛维已经穿好裤子了。"你确定？"他问。

彼得点点头。

葛维转向柯尔，"你觉得呢？"

柯尔看了看彼得，耸耸肩，"我没意见。"

葛维又问了一次："你们两个确定各自已经准备好了？"

"对。"彼得坚定地说。

柯尔点点头，但发觉自己隐隐有些发虚。

"好吧，祝你们泡得愉快！"葛维说。

柯尔把他们的毛巾装在背包里，停了一下，暗中把婀图也塞了进去。他和彼得出门，沿着岸边走入黎明中。他们到达溪边后，开始涉水往上游走，一路上两人都没说话。彼得跟跟跄跄，生气地走着，拳头紧握。尴尬而沉重的寂静悬在两人之间。

他们抵达池塘时，柯尔再也忍受不了这种沉默了。"我很高兴我们一起来。"他说，"是我们成为朋友的时候了。"他伸出手，却被彼得推开。

"我永远也不会跟你做朋友。"

"听我说,彼得,我不是故意伤害你的。"

彼得推了柯尔一把,害他一时失去平衡。"你揍了我一顿,还把我的头撞在人行道上,流了血。你说你不是故意伤害我是什么意思?"他的眼中冒着火。

柯尔已经恢复平衡了,"我的意思是,我不是故意要变得那么暴怒的。我不是故意要伤害你的。"

"所以现在你应该都没问题了?"彼得用两只手又推了柯尔一次。

"不是的,只是……"

"事情是会变得更好,只要我不再头痛,晚上睡觉时不再做噩梦。"彼得的眼里涌出泪水,"我再也不能好好地走路了,有时候甚至没有办法清楚地思考,连话都说不清楚。"他在柯尔脸上挥了一拳,"你没有真正关心过我。你只想要离开这座岛,那就是你唯一想要的。"

"一年以前是这样。"柯尔说,"不过现在不是了。"

"你没有改变!"彼得挑衅地说,声音更大了,"如果逮到机会,你会再揍我一顿。"

柯尔摇头,"我现在就可以揍你,可是我不会。"

"你不会,因为你害怕葛维。"彼得说,"而且你怕坐牢。"

柯尔又摇了摇头,"那是因为我已经思考了很长时间。而且,如果你认为我会再揍你的话,为什么你告诉葛维说今天早上想单独跟我一起来呢?"

彼得弯下腰,假装在系鞋带。

"你得相信我。"柯尔恳求说,"我愿意做任何事来帮你改变现状。一直愤怒没有任何好处。"

彼得突然跳起来,用力推了柯尔一把,害他跌入水中。"不要靠近我!我不需要你的帮忙!"他尖叫着。

"我很抱歉。"柯尔说。

"你言不由衷!"彼得大吼。他踢打着地面,用小石头和泥土攻击柯尔。

柯尔护着脸站起来,可是彼得又冲上来推了他一把,"你为什么不揍我?反正我不在乎了!"

柯尔安静地站在原地。

"也许你怕我了。"彼得边说边挥动拳头,对准柯尔的脸就是一拳,"来,打我!"他奚落着,"杀我吧。我再也不在乎了。"

"你在乎。"柯尔边说边护着脸,"我再也不会伤害你了。难道你看不出来吗?"

"骗子!"彼得大吼,用力捶打柯尔的肚子,"你怕我!"

柯尔不肯反击,彼得更肆无忌惮了。他一次又一次抡着拳头打柯尔。柯尔只是举起手臂抵挡着,既不反击也不闪躲,这让彼得更生气,出拳更用力。

拳头落在身上,柯尔内心的愤怒又燃烧起来,他赶紧做深呼吸。他不想生气。现在不能。他试图往后退,却绊倒摔在地上。彼得立刻扑上去,一边捶打一边喊叫。柯尔唯一能做的只有把膝盖弯曲到胸口处,并且努力盖住脸。

然后，彼得开始踢他。柯尔觉得就像是大锤子往他胸口及手臂上砸一样。他滚到一边，可是彼得下一脚又踢中他的脸，用力把他的头往后撞。他尝到了血的味道。世界缓慢地转着圈。锤子继续砸下来。"停！"柯尔喘着粗气，"拜托停下来！"

"那么就起来打，你这个胆小鬼！"彼得像疯子一样尖叫着。

"我不会跟你打架！"柯尔喊叫着。又一个愤怒的踢打落在他肚子上，让他呼吸困难。突然，踢打停止了。柯尔睁开眼睛，看到彼得在他旁边蹲了下来，正在哭泣。彼得的身体因为抽泣而颤抖。

"你还好吗？"柯尔问。

"我很怕。"彼得哭着说，"我好害怕。我的思绪全乱成一团，而且我觉得整个世界都压在我身上。"

柯尔畏缩着坐起来，"我要怎么让你相信再也不用怕我了？"

"你说话算话。"彼得呜咽着说。

"彼得，我不是坏人。我对你生气实际上是在对我自己生气。我以为我爸爸揍我是因为我没有用。"柯尔停了一下，"跳那些舞、雕刻图腾、搬运祖先石、触摸灵熊，目的都一样，就是找出真正的我是谁。"

"你是个混蛋。"彼得啜泣着，"那就是你。"

柯尔忍住自己的眼泪，"我是某个我不了解的大圆圈里的一部分。你也是。生命、死亡、善恶，每件事都是那个圆圈里的一部分。当我伤害你的时候，我也伤害了我自己。我永远不会从对你做过的事情里康复过来。可是彼得，我很抱歉，真的很抱歉。"

彼得跪下来，哭着，身体往前弯。柯尔不知道该怎么办，便把手臂环绕在彼得肩上。过了很久，彼得靠在柯尔身上，任由柯尔抱着他。

就在那时，它出现了。在距他们不到六米远的地方，那只灵熊站着看他们。

"你看。"柯尔悄悄地说，并放开彼得。

彼得还在低头吸着鼻涕。

"你看。"柯尔提高声量悄悄地说，用手肘推推彼得，"是那只灵熊。"

彼得抬起头，嘴巴惊讶地张大。"它会不会伤害我们？"他悄悄地问。

"不会。"柯尔对他耳语，"我们没有威胁它。你跟我都已经隐形了。"

彼得困惑地看着柯尔。

"别多说，我待会儿再解释。"柯尔低声说。

整整一分钟，那只熊站在原地一动不动地看着他们。就在这时，附近一只松鼠突然吱吱叫了起来，声音在寂静中产生了像雷声一样的回音。然后，如同它现身一样，灵熊晃动着巨大的头，鬼影似的消失在树林里。

彼得好像刚从沉沉的睡眠里醒来一样，深深吸了一口气，"我们真的看到了我以为看到的东西吗？"

柯尔笑着耸耸肩，"他们说这里没有灵熊。"

"可是我看到了一只。"彼得坚持说,"会有人相信我们吗?"

"别人相不相信并不重要。"柯尔说,"最重要的是你自己相信。"

那天早上,柯尔和彼得泡水的时候,一阵温暖的寂静覆盖着池塘。之后,他们找到了另一块祖先石,这样他们就可以把他们的愤怒都滚下斜坡。回营地的路上,柯尔的脸肿起来了,他用手肘紧紧抱住胸口。

"你还好吗?"彼得问。

柯尔舔舔麻木而肿胀的嘴唇,但还是保持着微笑,"我可不想再来一次。"

彼得默默地走着。

回到营地,柯尔打破了沉默。他站在图腾柱旁,对彼得解释着隐形是生命循环的一部分,大家都必须接纳这个循环。"今天早上,我们原谅彼此时,我们也原谅了我们自己。"他说,"我们允许自己成为这个大圆圈的一部分,那就是我们能看到灵熊的原因。"

"你凭什么认为我原谅你了?"彼得说。

柯尔拉开背包。"我有个东西给你。"他说着,拿出婀图,"葛维把这个象征友谊的东西送给我,用以表示他信任我。"他把婀图交给彼得,"现在我要你收下。"

"你是说你信任我?"彼得问。

柯尔点点头,"我希望有一天你会信任我。"

彼得看着婀图说："我想帮你刻图腾柱底端的空白处,就是那块你留给愤怒之舞的地方。"

柯尔迟疑了一下,"好。"他跑进木屋,回来时手中多了把刀。

柯尔和彼得专心地雕刻了两个小时。完成时,柯尔大声叫葛维出来看那个近乎完美的圆圈——这个圆圈让整根图腾柱圆满完工。

葛维盯着圆木下两个男孩刻好的东西。"你们刻了一个完美的圆圈。"他说着,嘴角泛起一抹柔和的微笑,"为什么是圆圈？"

柯尔和彼得紧张地瞥了对方一眼,没有说话。

"会不会是因为圆圈的每个部分既是开始也是结束？"葛维问,"而万事万物又都是一体的？"

彼得不自然地耸耸肩,对着柯尔咧嘴笑,"我唯一能教他刻的就是圆圈。"

柯尔微笑着点点头,"我学得很慢,不过我正在努力。"

作者注记

"环形正义"与灵熊

"环形正义"在美洲原住民文化里已经实行了几百年,直到最近,这个概念才在美国某些现代司法系统里运作。也许有人会说,一个被殴打的受害者永远不会被送到一座岛上去面对攻击他的人,就如同这本小说中叙述的一样。然而,"环形正义"的力量来自每一个疗伤环形会成员的创造力。我希望在现实生活里,任何疗伤的途径都能保持它的可能性。

灵熊的确存在于加拿大不列颠哥伦比亚省的海岸。我得克制自己不描绘出它们确切的所在地,以保护它们饱受威胁的隐私及栖息地。然而,在为写这本书做实地调查时,真的有一只重约一百三十千克的公灵熊,站在离我六米远的地方。那的确是震撼人心的一幕,一个值得为后代子孙留存的景象。

以疗愈代替惩罚

马 皑 / 中国政法大学社会学院副院长、
中国心理学会法律心理学专业委员会主任

无论你年龄多大，如果有兴趣翻翻这本有着童话标题的《遇见灵熊》，我相信你看到的都会是自己青春的影子——幻想、叛逆、渴望自由，虽然它可能是过去、现在或是将来……

在《遇见灵熊》中，作者班·麦可森讲述的故事充满引人入胜的画面感，他用白描的笔法为我们展示了两条主线，一是人与人的互动，讲述了在葛维等人的帮助下，充满仇恨的问题少年柯尔如何完成了人生的蜕变；二是人与自然的交流，描绘了柯尔在荒无人烟的小岛上战胜自然与自我的过程。全书的主题给我们以往挽救未成年犯罪人的经验画上了一个大大的问号，能够让你我重新思考——在矫正未成年人不良行为的各类模式中，除了严格的规制、法律的惩罚、苦口婆心的说教，还有什么是更有效的方法？触动人的心灵，引导他们从尊重自然，尊重自己开始，攀登自理、自知、自信、自尊、自律的人生阶梯，应该是本书给出的答案。

父母有爱,但却不知道如何表达爱的家庭氛围,也许是柯尔步入犯罪的起点。其结果是,在他的内心深处由于没有强大的亲情支撑而缺少安全感,他习惯了用怀疑和戒备的眼光探寻世界,用愤怒掩饰自卑,用攻击表达逃避,用不屑夸大自我,用冷漠消除焦虑。当这一切与青春期的荷尔蒙相互融会的时候,我们看到的是一个令所有人都讨厌甚至畏惧的柯尔。

耐心、温柔、力量、坦率——艾德温对灵熊的描绘实际上正是他与葛维等社会工作者在帮助柯尔的过程中所真正做到的。"环形正义"的旅途对柯尔而言如同被从温水抛入冰水,巨大的反差可能让柯尔和所有读者倍感担心。然而,改变正是从严酷的考验和切肤之痛的体会开始的,生的本能启动了柯尔面对困难的决心。在葛维和艾德温刚柔相济的要求下,柯尔从抗拒到面对、从面对到适应,逐渐接受了不可能完成的任务。在由他律到自律的行为改变中,在适应自然到尊重生命的体会中,柯尔学会了生存,消除了恐惧,懂得了感恩,更获得了自信。"我发现我不是坏人。没有人是。人只有在害怕时才做坏事。有时候,人们企图靠着互相伤害来弄清真相。"柯尔的感悟既是对自己因自卑而仇视的解释,也是对"以疗愈代替惩罚"的肯定。

《遇见灵熊》也是一本介绍心理治疗的教科书。在作者的描写中,"环形正义"是原住民古老的疗伤方法,在今天它实际上是司法社工们日常的工作。回顾书中的桥段,"圆桌会议"类同于小组工作,它本着不批评、非控制的态度,平等、协商、力求接受新观点的原则,积极倾听和适当回应的方式,有效解决人际间的矛盾。在小组中，每个人都有平等发表意见的权利，在羽毛传递的每一个节点，情绪得到平缓，态度得到表达，道歉获得接受。柯尔的荒岛之旅也是社工个案的典范。通过指导者有目的的引导，帮助案主培养良好习惯，建立新的价值观，进而以新的面貌适应社会。不难看出，每天坚持浸泡在冰水里，锻炼的是柯尔的意志；折断愤怒之枝，帮助他审视仇恨；不厌其烦地搬运祖先石，目的是宣泄负性情绪；雕刻图腾，以及夜晚绕着营火舞蹈都具有重建自我、体会自信的作用。

《遇见灵熊》启迪我们，正义的实现是环形的，而爱与恨的传递也可以是环形的。播撒爱的种子可以收获幸福，而播种仇恨则会收获愤怒。正如艾德温所说："每个人内心都存有愤怒，可是也有快乐。老是想着愤怒的人总是愤怒，而想着快乐的人……"同理，对待那些有着不良行为甚至违法犯罪行为的未成年人，你我乐观还是悲观的态度也能够影响他们人生的轨迹。如果我们仅仅悲观地看到他们的错误，惩罚可能是最为经常的对策，根本上是为了消除我们自己的愤怒。如果我们用乐观的心态对待之，承认成长是步履蹒跚的过程，难免磕磕绊绊，就能够接受类似"环形正义"这种利用自然、群体、内省的方式帮助未成年人适应社会的方法。无论怎样，书中的柯尔接受了以乐观的爱为媒介的心灵救赎，他的改变将会是扎实的。

掩卷长思，你是否懂得了灵熊的价值？以我之见，它代表的是信任，是一种人际交流的态度。请相信每一个孩子，他们能够做得到。

如何感化生命

庄孔韶 / 浙江大学人类学讲座教授

对待"问题青少年",世界各地有不同的教育方法。惩罚是一种常见的方法,例如打一顿,看看这孩子听不听话。但通常当你动武和情绪失控的时候,这个孩子并没有明白自己究竟错在哪里。长此以往,棍棒教育难以奏效。

从诱导和身心体验两方面施予感化,人类的确费了不少心思。作者班·麦可森在《遇见灵熊》的故事中,向读者生动地讲述了印第安人化解愤恨的古老哲理与法则。缓刑监督官葛维是一位印第安人,他劝说柯尔参加了被称为"环形正义"的活动。几百年来,印第安人就是这样改变人的。他们认为,正义是为了抚平伤口,而不是处罚。葛维举例解释说,如果你杀了我的猫,警察会罚你钱,可我们依旧会痛恨对方。而"环形正义"却是这样理解的:如果你杀了我的猫,你就得让自己变成一个懂得关爱动物的人,你要跟我成为朋友,而我要原谅你,目的就是让愤怒得以化解。

这是具体而言。如果把问题放大,会展现印第安人的生命观和宇宙观。他们认为，凡是世间所为，均以环形方式完成。例如，我们懂得，动植物一切生灵都是相互依存的，而印第安人则把"无生命"的物质与非物质，均一视同仁，所谓万物有灵。山水也充满神性尊严和人性平等，它们总是在环形圈中展现生命秩序和万物意志。因此，人类无论是群体还是个体，都不可有控制其他生灵的举动。

柯尔答应参与"环形正义"的安排，于是被送到一个无人的荒岛上。在岛上他依然暴躁，烧了日用品和准备栖居的小屋。他还企图游泳逃走，却被大海的涨潮顶了回来。柯尔第一次遇见灵熊的时候，就很不尊重它，用利器和石头打它，于是遭到灵熊的重重拍打和疯狂撕咬，以致遍体鳞伤。无助的柯尔在岛上与昆虫、麻雀、雨水、雷电、海浪、鱼类和野草为伍，他在荒岛的求生磨炼中渐渐懂得大自然的循环道理，理解了有人参与的生命圈的相互依存特性，以及一切生灵之间平等、尊重与责任的意义。

我们在小说里好像亲自参加了他们的环形会，体验了像印第安人那样围坐一圈，传递羽毛袒露心扉的真诚。柯尔再一次遇见灵熊的时候，他认为自己死定了，然而却意外地获得了善意的回报。最终，他和彼得之间的愤恨也能化解和相互体谅，他们也可以坐在一起。人与自然、人与人之间的关联就像印第安人围成圆圈的环形会。

生长在缺少父母关爱和暴力环境中的柯尔在岛上雕刻图腾柱，还围着篝火模拟动物跳舞，借此叙说他的磨炼与成长，终于获得了生命态度的彻底转变。柯尔是在一种文化哲理的诱导与真实生命的历练中完成了自我救赎。

2000年,我参加过海达印第安人新图腾柱立柱仪式。他们把一团团羽毛粘在酋长的头上和身上,再撒在倒放的图腾柱上。我荣幸地和他们围成圆圈,在一起祈祷。由于海边带盐分的水汽侵蚀,他们的图腾柱每60年要重新更换一次。伴随着隆重的仪式,印第安艺术家在大树干上雕刻他们的历史与当下实况。图腾柱最下方的狼图腾代表海达人的一个氏族,上面刻的神鸟渡鸦,又是一个氏族,其尾部的妇女形象则代表渡鸦的祖母,再上面是老鹰氏族和它的祖母的雕刻。最有意思的是,高高的图腾柱顶上,是三个戴帽子的人形,它们面对不同方向,寓意是时刻注意来自自然界和非自然界的危险动向,原来它们是海达印第安人的忠实瞭望者和守护神。

还有,他们围着篝火跳起模拟鲸、老鹰、渡鸦和灵熊的舞蹈,都是我亲眼见过的。我也在印第安大酋长生日的聚会上,看到他们的神鸟和各种动物图腾巧妙展现在他们的衣饰、雕刻、鼓面和银手链上。不过,在这本小说里,图腾的寓意却转换了,遇见灵熊的问题少年借用印第安人的图腾表达习俗,一件件地刻画了他亲历的天地人之间尊重、遵从、愤怒、原谅与和谐的场景和寓意。

印第安人的生存哲理就是这样,人的行为皆以环形方式完成,他们的天性就是要尽力尊重所有生灵之间关系的神圣性,这是对世间生命互补特性的由衷崇拜。反过来看,人不能只想自己,要顾及别人和周遭的环境,否则人类将看不到前景。

实际上,人类从工业革命以来已经做错事了。向地球进军的无休止行动,破坏了神圣的生命圈,人类想控制其他生灵,侵占别人的土地,摧毁丰饶的生态环境,实际上是轻率地否定了所有生命形式之间依存关系的神圣性,到头来适得其反,因为生态非正义行为使人类最终自食其果。这使我们不得不回到印第安人对生命和宇宙的整体认识之中,每一个地区对大自然生物圈和族群关系的漠视都将使自身步入困境。

《遇见灵熊》带领我们走到一个人与大自然融为一体的北美海岛生境,让我们有机会欣赏世界上其他民族成功的"环形正义"感化是怎样实现的。因此,这本书值得阅读,并向广大教师、学生推荐。